夏日最後敞篷紅色小跑車

亦舒

那是一輛新型費拉利，特別小巧，製作一百分精美，徽章、車牌、號碼，全用搪瓷，倒後鏡鬃以綠白紅意大利國旗顏色。

叫沒有出息的人一見鍾情。

少年之際，一直希望有年輕男子駕駛紅色敞篷小跑車接送。

據上過車女子說：座位並不舒適，代價也相當高，這是必然的事，世上沒有免費午餐。

但，沒有坐過的人總想坐一次。

這紅色小跑車是一種象徵，不一定是輛敞篷車，它代表年輕女子內心真正真正真正想要的東西，不大敢宣之於口，多年藏心中，成為秘密。那樣東西，未必靠先天條件優越或自身努力可以獲得，只能說，是輛紅色敞篷小跑車。

一定要血紅色，不然，還有什麼意思，還有，非敞篷不可，日曬雨淋，才夠刺激，車速奇快，雨根本淋不到身上，都打橫飛往車後。

只得雙座位，擠不下第三位，否則，也太煞風景。

一日，方芳往停車場取車，便看到一架那樣的費拉利跑車，靜靜停在角落，一邊靠牆，極貼，可見車主有超級駕車技能，否則做不到，他選那樣車位，是因為只得另一邊有機會給別的車擦到，安全一半。

他是一個有心思的男子。

方芳駐足觀賞一會。

車篷尚未拉起，已是深秋，街上一地黃葉，他還不捨得陽光，方芳覺得一絲浪漫意思：不捨得艷麗放肆夏日過去，一定要再開篷幾回才甘心。

有一首不捨得夏季的歌這樣說：「夏日為何如此速逝，是否我說了什麼得罪的話，而秋葉已轉為伊頭髮的顏色」……惆悵之意，難以言喻。

不久前在塔斯肯尼度假，酒莊試酒，尚餘魅力中年莊主道：「這可是夏日最後一瓶葡萄酒了。」

無限遺憾。

噫，花兒謝了明年不是照樣的開嗎，當年並不明白。

往長輩家作客，她正修理花園，剪下一枝黃玫瑰，遞給方芳，「夏日最後的玫瑰」。

都是夏日，穿小背心，超短褲，曬得金棕色，一雙人字拖自歐洲走到美洲，坐博物館門口石級與陌生少年搭訕，一切一切，都代表夏日，有錢喝啤酒，缺錢到噴泉喝水，每次信用卡債項寄到家，她自己都嚇一大跳，那些，也都是在夏日才會發生的事。

芳呼出一口氣，回到自家車前。

正在這時，一個年輕男子走近車，微笑地朝她輕輕睞睞眼。

他分明是車主。

芳剎時漲紅面孔，這也是她缺點之一：漂亮男生。

年輕人英俊到極點，臉型五官沒有缺點，濃眉、短髮、穿白襯衫卡其褲，他跳上跑車，輕輕問：「載你一程？」

芳連忙搖手，走回自家厚重超級家庭六位車，再回頭，敞篷紅色小跑車已經駛走。

芳坐上車。

車子引擎並沒有發出轟然巨響，已經消失，像所有女子的芳華。

她忽然淚盈於睫。

半晌抬頭，是打算去何處？

幸虧電話到，「阿頭，大家等你，你在什麼地方？快來三品脫酒家。」

是是，約好同事們吃酒，有人要嫁往加拿大，與她辭別。

這年頭還有過埠新娘嗎，一定還有，準新娘躊躇着不知要帶何種嫁妝，請教方芳，她輕輕說兩個字：「現款。」

已經生活得有些經驗了，還含蓄什麼。

芳把車子駛到橫街，忽然下雨，不是很大，一下打濕車窗，唉，美麗的敞篷小跑車，不知怎麼樣。

芳下車推開酒吧門。
她得力助手阿真大聲吆喝：「結賬的人終於亮相！」
大家迎上，讓芳坐下。
「半品脱黑啤酒。」
現在還有人叫品脱pint，那也只是酒館用的量器，外邊，連dozen是什麼都不大有人知道。
芳喝下半杯基尼斯，安下心來。
大家圍着準新娘說話：「去你家度假」，「可有泳池」，「地有多大」，「還是夏季最適合吧」，「對，到底是哪個埠」……
芳肚餓，叫一塊魚柳。
今夕感觸突多。
她去把信用卡先交給櫃枱。
助手隨上，「原以為你不會來。」

芳最討厭生日、婚宴、喪禮。

「阿頭真是怪人。」

「還有你閣下。」

芳忽然說：「富足的人叫怪，兩袖清風者叫神經。」

「阿頭你管財政部太久，處處看到錢眼。」

這時聽到側跟包廂有人大聲唱歌。

什麼事那麼開心？

她倆張望一下，也是一大群女生，年紀與她們相若，明顯豪放得多，似明日不用上班，已喝得七分，手搭肩，荒腔走板，大聲高歌。

一時聽不清，芳微笑着跟住哼，忽然記起是什麼歌。

——一切已失去，不可以再追。

「交出的心經已失去，不可以再追，一切已失去，失去——」

那俏麗的歌者忽然嗚咽，接住大哭，「一切已失去！」

芳實在忍不住，怔怔落淚。

助手連忙把她拉開。

回到自家桌子，「我們適可而止，新娘子，這是我們湊合的賀禮，你收着慢慢買糖吃，禮輕情意重，希祈笑納。」

新娘子痛哭。

「時時回來探訪我們。」

芳把一枚大大金鎖片掛在新娘脖子。

「有金有情。」

新娘子哭得更響。

離開三品脱，助手説：「沒人敢告訴她婚後全是苦水。」

「也不盡然，你別悲觀。」

「我一開口説話，老伴便訓斥：不要抱怨。」

「那是真的，有飯吃，一家子又在一起，還有什麼好怨。」

助手忽然氣忿，「千叮萬囑，幾乎沒跪着求：到達倫敦，即打電話報平安，全當耳邊風。」

「你撥過去不就是了。」

「做母親的也得有點血性。」

芳說：「我們繼續聊天。」

「別打擾珍貴休息時間。」

芳用電話找老友程長。

她只說一句話：「不出來了！」

「可是有人陪。」

「沒人。」掛斷電話。

芳也自覺造次。

助手說她：「不如找圓姐，她與你熟不拘禮。」

她們這幾個人之所以可以維持友誼，皆因從不冒失。

但圓子也曾十分輕率地說：「芳你那隻結婚指環，也可以脫下啦。」

芳忍不住苦笑。

回到自家公寓，推開門，冷清清，只得一人，家務助理放長假，起碼還有幾天才回。

她踢掉鞋子，鎖緊大門，更衣沐浴，坐在浴缸，緩緩轉動婚戒。

那是一枚極細光身白金戒指，戴了足足五年，沒有除脫的意思，左手無名指已被勒起凹痕，手節現白色一圈。

芳終於用力脫下指環。

她把它放進一隻小盒子。

訂婚戒指鑲有小小鑽石，一日，對方的母親說：「可否還給我們。」

芳不假思索，立刻脫下歸還。

以後，也不上那家的門。

事後，她收拾心情，努力工作，一個人的時間用在何處是看得見的，三年內竟升兩級。

上司阿關說：「沒法子，方芳就是可靠，揹上任務開步就走，半夜知會她清晨六時班機往紐約緊急會議，亦毫無怨言。」

不過是一隻聽話的母牛。

「不止這樣，她果斷、可靠、智慧，是個今日已不多見沉默殷實的女子。」

「還有美貌。」

「是，長得真漂亮。」

五年前上班那日，她就與上司言明：「我不喜穿裙子與高跟鞋。」

上司答：「只要工作優秀，你可以穿鐵製盔甲。」

芳在群眾財務工作，成績超越。

貸款手法，有人說她膽大心細，也有人說是心狠手辣。

群眾財務並不群眾。

它只服務少數客戶。

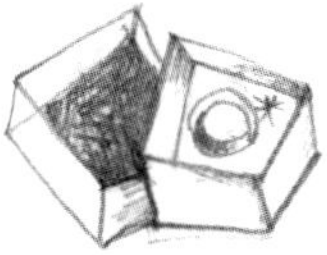

利息，因人而異，必須有可觀抵押品。

芳睡不着，輾轉反側，已非一朝一夕。

只得看電視劇，已經播放五十三集，三角戀愛尚沒完沒了，老是那幾句對白：「相信我會守護你到永遠，給我機會」，「我決定離開」，兩個女角已接近中年，老作愛嬌狀扮十八九歲憧憬愛情。

芳嘆息說：「爭氣點。」

終於也睡着。

夢中看見自己擠在馬路人潮，不知方向不知往何處，同現實一模一樣。

鬧鐘響撐起，全身痠痛，像與五百磅大漢打過一架，贏比輸還慘，連忙淋浴更衣出門。

公司車已在樓下等。

多虧司機阿勝，如此陰雨天氣，沒有他，駕駛技術拙劣的她不知如何到銀行區。

交通奇塞，阿勝報告：「自清晨六時起四條地下鐵路線全部拋錨，世界末日似。」

民生甚苦。

芳連忙電郵囑咐助手：「讓我組員工在家等候消息直至交通恢復暢順。」

職員陸續趕回公司。

女性員工花容失色，幾乎流淚，男職員怨聲載道，要與鐵路局算賬。

所以要有工作，生活有了意義。

直到下午，情緒漸漸平復。

芳問助手：「想吃什麼點心。」

「龍蝦漢堡。」

「啊，好，你負責點人頭訂購，我要一隻四吋黑森林。」

「你只一個人吃，也不胖。」

助手笑着外出。

一會，聽到同事歡呼之聲。

好友程長電話問候：「你一早到了。」

「託賴，不知圓子如何。」

「我派學生駕車接她返報館。」

「學生們可有乘機偷懶。」

「我的學生，大太陽也翹課，對了，我換了部車，你閒時來看。」

那輛車，鮮紅中帶紫，是愛快羅密歐廠出產茱麗葉型號。

漂亮得不得了。

「請安全駕駛。」

程長忽然說：「芳，你知我獨身，一個人住，女傭每星期只來三次，倘若在家摔一跤，沒人知曉，待異味傳出，已經失禮。你是老友，可否每晚上來電搜索，如無人接應，請即報警。」

芳沒好氣，「大姐，我的情況與你一模一樣，你不如託圓子。」

「圓子要離婚了。」

芳沉默。

圓子說想離婚已不止一年兩年。

「孩子也大了，送到外國讀書，已無掛念。」

芳仍然不出聲，別人家事，實難出主意。

「他諷刺圓子，一日讀完她評論稿，做作地打一個呵欠：『喲，每次社論一看題上有『須』字與『必』字，就知道是閣下大作，莫非政府與商界鉅子都得聽閣下教誨。』

芳的臉頰漸漸生氣漲紅。

男人，越不成材，說話越多。

「圓子用筆名撰寫評論已有十年以上，報社與社會都重視，獨獨這個人，恬不知恥，說三道四，貶低妻室成績，一次他當着我臉說：『女人寫稿，不過像搓麻將，消遣時間耳。』」

芳再也忍不住，霍一聲站起。

「這些年，圓子負責大部份家庭責任不説，任勞任怨，不知為着什麼，這人一生氣，藉機三五七天不見人影，快活冶遊，還到處宣揚妻子欺壓他，我是旁人，實在忍無可忍。」

芳握着拳頭，「圓子已決定？」

「已找律師。」

「先搬到我家住。」

程長冷笑，「那人不敢對她怎樣，那種人，陰私裏造謠、描黑、扣帽子，那是全褂子武藝，面對面，不敢動手，否則，我一刀捅死他。」

「我一會便派人接她往我家。」

「芳，到底是你財宏勢厚。」

芳把助手喚入，吩咐一番。

她本想跟車，但秘書喚住她：「阿頭，一位王小姐約見，已在會客室等候。」

「你跟車，務必把圓子小姐送到我家。」

「明白。」

芳走進會客室。

一個打扮時髦豪華到巔峰的年輕女子站起，「是方小姐吧，幸會，我姓王，我來貸款。」

芳坐下，「請問是什麼數目。」

「越多越好，——元以上。」

這也不算什麼，群眾財務一向吃大茶飯。

「何種抵押。」

「寶石。」

「我們少接受首飾珠寶。」

那王小姐把一隻紅色鱷魚皮手袋放桌上，打開，掏出一隻小盒子，打開。裏邊是一隻小小紙包。

呵，這是鑽石商人一貫包裸鑽的手法。

王小姐輕輕打開紙包，那顆寶石隨着小小一點點枱燈光芒像爆炸性般展綻奪目晶光，不能逼視。

「方小姐，請看著名克林南粉紅鑽石，重量十三卡，世上最完美潔淨彩鑽，這是它的證書，鑽石帽邊有鐳射刻蝕證書號碼，可與雲斯頓公司核實。」

芳不由得輕輕問：「可以拿起來看一下嗎？」

「請。」

芳用兩隻手指輕輕提起，湊近。

大件質高寶石真正是天下最美麗東西，稀少、純淨、閃爍，非地球常見之物，似有奇異魅力，深深吸引人類目光。

芳不禁讚嘆。

「估價每卡拉值兩百萬美元。」

「我個人不懂寶石，敝公司有專家可以鑑定。」

芳請同事進來一下。

「方小姐，我急於用錢，想先預支百萬現款。」

「王小姐，我們也沒有這種規矩。」

「特別事件，特別條件。」

王小姐很會說話。

「恕我問一聲，寶石的原主呢？」

王小姐嘆一口氣，實話實說：「他於上月在英國直升機失事喪生。」

芳一怔，明敏的她即時明白，心中同情。

「方小姐，君子成人之美。」

芳輕輕回答：「盡力而為。」

這時珠寶鑑定同事敲門進來。

他還未開口説話，已一眼看到方芳手心裏有一件發出無比晶光的法寶。

他忍不住叫嚷：「我的天！」

兩位女士不禁笑出聲。

他走近，驚嘆，「我馬上把工具取來。」

他非常激動，「有緣份才見得着。」

但王小姐神情黯然，坐在一角喝咖啡，默默無言。

貸款部律師向王小姐列明條件，群眾其實與一般典當店鋪沒有什麼分別。

一小時後，已經查明鑽石來歷清白明瞭，因是當斷，方芳寫下一個數目給王小姐看。

「就這麼多？」

芳點頭。

她簽下名字，由律師核對護照及其他文件號碼。

「分三期付款，每星期一次，銀行方面近期越發敏感，不輕易接受大筆現金存款，群眾替閣下承擔若干風險。」

「方小姐，謝謝你。」

「不敢當，這正是群眾服務。」

收取佣金，可不便宜。

辦妥事情，王小姐像是落形似五官掛下。

她有點不捨得。

方芳微微別過臉，輕輕如自言自語：「不要以為世上沒有什麼比它更美，還是有的，不信，細細觀察人類幼兒的笑臉。」

王小姐一怔，忽然緊握方芳的手。

她轉身離去。

同事們連忙把寶石收藏妥當，並且宣佈：「對外，請說我們從來沒見過任何寶石。」

芳接到圓子電話：「我已在你公寓。」

「不要理會身外物，當是自己家一般。」

「明白。」

「那人呢。」

「三日前先我離家出走，不知所終，往日，會懇求他以大局為重，速速回家，勿拆散家庭，現在，已覺無望。」

「他離家示威，可已成積習？」

「每季總有一兩次。」

「你好好睡一覺。」

「可以喝你的香檳嗎？」

「請便。」

那天，芳做文件做到很晚，助手與秘書陪她。

年輕秘書說：「那位王小姐，並非孀婦，或是寡婦，字典上指，那是女子在丈夫去世後並無再婚的稱呼，王小姐只是女友身份。」

芳說：「下班了，明天請早。」

芳當然知道什麼叫寡婦。

她便是寡婦。

丈夫辭世已經三年。

回到家，圓子仍在沙發熟睡，既沒換衣服，也沒吃晚餐。

芳累得只希望有自動洗頭洗澡機器。

泡在浴缸，恢復一絲力氣，她大口大口吃巧克力蛋糕，腦子總算產生一些多巴胺。

以前，丈夫會蹲在浴缸邊與她閒談，題目可大可小，像「你可看到電視新聞上法國總理麥克翁與加國總理杜魯多兩個法裔仔擁抱互親左右面頰沒有，多肉麻」之類。

芳怔怔落淚。

她自浴缸起身，套上丈夫留下運動衣褲，倒床上，居然也睡着，人就是人。

沒心沒肝，沒臉沒皮，是現代都會人的特色，總要活下去的是吧。

第二早，秘書催她上班，在廚房看到圓子，她倆只擁抱一下。

盡在不言中。

圓子做了細潤白粥，芳喝半碗，趕去上班。

世上男子，數司機阿勝最可靠。

上司阿關親自在辦公室等她。

「可以看看那顆鑽石嗎？」

芳一臉詫異迎上，「什麼鑽石，本公司從不接受類此抵押。」

「是是是，年底分紅。」

他笑着出去。

秘書隨即進來，「阿頭，有稀客等着見你。」

「我今日沒有預約。」

「是一位杜拜來的外國人。」

芳推門進會議室，見到一個穿阿拉伯傳統服裝的中東蓄髫鬚英俊男子。

啊，越來越怪。

他站立，「方小姐，我是阿聯組織副秘書長阿默，我們與群眾一向有生意聯繫。」

「與阿聯合作的職員不是本人。」

「的確是，但今天此事卻與方小姐有關。」

「請問什麼事。」

他用牛津英語說：「是一顆鑽石，我們來遲一天。」

芳凝視他，她從未試過如此近距離觀賞過中東籍男子，據說他們極端大男人主義：世上只有一種人，那便是男子。

只見他頭戴紅白小格子頭巾，濃眉大眼，炯炯如隼，一臉黑色阿鬍髭，身穿白色長袍，再外罩一件黑色透明紗衣，那紗衣鑲一條約兩吋寬金邊，右邊袖子套進手臂，左邊長袖用手抓住。

如此好看！

真不遜中國古代男子袍子馬甲裝扮。

也不是人人可作這般裝束，可見他身份貴格。

他見到對方一個女子如此大膽打量他，不禁微笑。

芳雙耳飛紅。

「方小姐，我已與你上司談過，阿關說這件事由你負責，故找你商談。」

芳點頭。

「該枚寶石，本屬於穆罕默家族，不想外流。」

芳小心聆聽。

「我欲代家族購回該寶石，請群眾開價。」

一夜之間，群眾賺兩筆佣金。

芳在紙上寫一個數目。

阿拉伯人一看，嘴角動一下，是，價格是稍高，但誰讓他上門求人，他點點頭，「沒問題，我會把款項存進群眾戶口。」

這時上司阿關進來，「敬愛的阿默，恭喜你如願得償。」

阿默微微笑。

「你的寶貝兒近況如何。」

呵，男人要說男人的話了，芳想退下。

誰知阿默掏出電話，「看。」

關說：「芳你也來看阿默最寵愛的——」原以為他會說「妃子」兩字，但關說：「獵隼。」

芳好奇，走近。

只見小小熒幕上一隻飛行器高速飛馳，尾上拖着一條繩索，結住一團

黃色羽毛，電光石火之間，一隻獵隼飛速追上，神駿的牠伸出爪子，不慌不忙輕盈抓住羽球。

「好，好，精彩！」

那阿默得意地笑，露出雪白整齊牙齒，他本身，就像一隻獵隼。

「阿默，晚上一起吃頓飯如何，我請你吃小巧台菜。」

阿默看着方小姐。

關先生會意，「芳，你也一起。」

芳立即當面回答：「我還有事，我讓助手替你們找伴。」

芳從不陪客吃飯，那是另外一些女子的工作。

關毫無顧忌答：「找一個會喝酒的。」

他們出去了，阿默漂亮袍角飛揚。

芳呼出一口氣。

世界污濁，唯一潔淨的恐怕是那塊寶石，還有，叫寶貝的隼，能舉到兩個例子已經不易。

回到家，看見程長也在，一邊改卷子，一邊吃零食，而圓子，聚精會神寫她那偵察新聞評論。

廚房有香味，一看，一鍋臘腸菜飯。

芳不管她們，洗過手盛出便吃。

除卻魚與蛋糕，也得享受別的。

難得慢鍋裏還有雞雜湯，芳大聲叫好。

圓子走進，「在下手藝如何？」

「滿分加十。」

那人卻不知好歹。

「在寫什麼題目，看你，鬢角都白啦。」

「英國脫歐全球影響。」

「喲，這可難，倘若分析成功，大可申請做英揆兼外相及財政部長。」

「你可存有英鎊，可是放的時候矣。」

「我連元都沒有。」

這時電話響，圓子飛撲出去聽。

這是誰。

程長回答：「古來癡心父母多，孝順兒孫誰見了。」是圓子女兒自倫敦來電。

芳搖頭，既要寫脱歐，又得應付青春期女兒，救命。

圓子對姐妹淘訴苦：「十八歲生日要一輛跑車做禮物。」

「我們讀書時靠雙腿步行來回，公路車都嫌貴。」

「時勢不同啦。」

也好，女要富養，自置紅色小跑車，不求人，省得搭錯車。

芳輕輕説：「沒問題，阿姨們合股送車。」

圓子再回到桌前撰稿。

程長說：「誰還敢結婚。」

芳不出聲，看樣子程長是決定獨身到老，不過也難說，人生道路迂迴曲折。

「有什麼特別事發生無。」

「今日，我看到一個英俊阿拉伯男子。」

「啊——」程長等不及。

「外形、談吐、態度，全屬異國風情，特別之至，好不吸引。」

「我早已失去冒險精神。」

「誰說不是。」

「聽講他們一怒之下會得照古法將敵人斬成一塊塊報仇，還有，男子辭世，要把姬妾推火堆殉葬……」

「那是另外一個國家。」

「可怕的異教徒。」

她倆忍不住像無知少女般嬉笑。

「女子需全身蒙住，只露兩隻眼睛。」

「一雙妙目也可透露許多風情。」

「所以他們不放心呀。」

程長整晚嘆息學生程度低落：中，中不行；英，英也欠水準。

第二天上班，有人一早等方芳，保安把他押在門外招待室。

一看，原來是圓子丈夫。

他這樣說：「你把我妻拐到何處，你這樣做會遭到報應，她把聯名支票戶口存款全部提清，我連這個月都過不了。」

原來如此。

芳打開手袋，自皮夾子數出一半現款交給他。

他見還有一半，這樣說：「喂，我要用到月底。」

芳實在忍不住，「我也要用到月底！」

助手聽到擾攘，出來護駕，站一旁。

「叫她快回家，有事好商量。」

人如無皮，天下無敵。

「你們不過欺侮我窮。」

芳氣忿，「那你就狗眼看人低了，你不窮，你與人人一樣，有手有腳。」

那人別轉頭，大踏步離去，自我感覺良好，毫無悔意，一定是社會的錯。

助手大驚：「這是誰！」

「一個不幸女子瞎了眼才會與之結婚的男子。」

「人又怎麼淪落到那種地步。」

「不思進取，眼高手低，好閒惡勤，與社會一脫節，便一落千丈。」

「可憐。」

「你以為他可憐？你真年幼無知，他半生悠閒，肆無忌憚，不負責任，不勞四肢，拿到錢第一件事買老酒，第二件事請豬朋狗友喝啤酒，賭博，進酒吧，與異性打情罵俏，做些散工，就此一生，他可憐你與我這種勞碌命還來不及呢，此刻社會沒有逼良為娼，只有自甘墮落，大家都是一生，我們為五斗米腰都折斷，你說誰更加可憐。」

助手駭笑，「唉，我得好好看住丈夫。」

芳嘆口氣。

圓子辦事也快捷，「已發出離婚通知，我也找到小公寓搬出。」

「你知道你可以在我處住十年。」

「不打擾了。」

「通知孩子沒有。」

「他們有他們世界，稍後才說。」

「女兒還好嗎？」

「在倫敦觀看《咸美頓》舞台歌劇，說是好得不得了，一百分。」

長輩只有一句話：「小心出入，必要時報警。」

上司阿關在辦公室等她。

「唷，什麼事。」

「我受託做說客。」

芳看牢他。

「你知道我們的阿拉伯客戶阿默。」

「怎麼樣，交易不是完美結束了嗎？」

「阿默想約會你方小姐。」

「喲，阿關，群衆幾時成為伴遊公司。」

「人家真有意思同你做朋友。」

芳忽然無言。

「看得出，你也不是無意。」

芳被他一副皮條客口吻逗笑。

「雙方的吸引力輕而易見，方小姐，這些年來你雙目盡是寂寥之意，驅之不散，朋友也盡了法子助你走出陰霾：旅行、聚會，全有你一份，但總落空，這也是你走出烏雲的時間了，約會有何不妥，你又不是要戀愛、結婚，或與什麼人共度下半生，不過是吃頓飯，聊聊天，也許他逗你笑，便是意外之喜，人家是一位親王，是國王第六名堂兄第三位妃子的長子，與儲君友愛，受高等教育，私生活還算正經，寶貝不過是一隻獵隼，最難得是外形英偉，談吐富幽默感。」

芳忍不住笑出聲，「他分你石油股權？」

「我是為你好。」

「但他是阿拉伯人呀。」

「你有種族歧視。」

「我不夠膽識。」

「方小姐，任何人都不想看到你鬱鬱一生。」

芳把雙手抱胸前，「謝謝你好意。」

「阿默願意脱下袍子。」

「啊，裸身。」

「方小姐，他的意思是，換上西服，阿拉伯男子在家人面前都不會輕易裸體，你別妄想。」

方芳忍不住大笑。

阿關走出她辦公室。

芳托着頭翻閱文件，輕輕落淚。

一直如此，走不出霧霾，時時因故落淚。

記得那是好端端一個下午，同所有下午一樣，財務公司職員為着美聯邦儲備局加息，召開緊急會議，助手，是的，仍然是這個乖巧助手，忽然面無人色走進，蹲下在方芳耳邊説幾句。

方芳霍一聲站立，「對不起，我出去一下」，急急開步，差些絆倒椅子。

她到外邊接聽電話，放下，同助手說：「我要往靈糧醫院。」撲出街叫車子，趕到醫院找腫瘤科主診醫生。

丈夫已經坐醫生前，看到她，平靜地說：「芳，坐下慢慢講。」握住她的手。

「為何入院。」

「頭痛得站不穩。」

「是什麼事。」

醫生輕輕說兩個字。

無緣無故，從無徵象，也沒有遺傳，第一次檢查，已經不能開刀也不能用藥，只餘幾個月生命。

像是有一籮磚頭倒在方芳頭上，她一句話也說不出，咬破嘴唇滴血，也不覺痛。

那天早晨上班時還照常依偎一番道別……她把丈夫的手貼到臉旁。

醫生惋惜說：「世界根本不公平，回家，如常舒適生活，盡量讓病人安心。」

就那麼簡單。

兩夫妻沒有呼天搶地，怨天尤人。

醫生替病人準備鎮痛劑，像一隻小小粉盒，綁牢在手臂，它自動釋出藥物份量，由皮膚吸收。

方芳告假回家陪丈夫休養。

他家人終於知道消息，婆婆不知怎地，簌簌舉起手掌摑媳婦，「你這個不祥人，尅死我兒子！」

都廿一世紀，女子還揹着如此罪名。

方芳不以為忤。

她自家父母說：「唉，恩愛夫妻不到冬。」

也不是像文藝電影中那樣含笑而逝。

丈夫雙目先看不到世界，接着，脊椎也失去效能，必須入院。

然後，不再認得人。

一雙肉掌大手，如今變剩一把骨頭。

一日，忽然問：「是芳嗎？」

她連忙趨向前。

「火化，」他說：「不設儀式。」

再也沒有講話。

上司阿關探訪，倒抽一口冷氣，「芳，你瘦得我們認不出。」

再看病人，心酸到極點。

這年輕男子往日是半個泳將，身段好得叫男性也忍不住捏一捏，如今皮包骨，裹棉衣，室內也戴着絨線帽，已無認知能力。

阿關哽咽，「芳有什麼事儘管吩咐下來。」

芳說了幾句話：「他那邊公司願付全部保險費，不必擔心。」

夫家諸人大聲斥罵：「沒有碑沒有墓，好不歹毒心腸。」

程長扶住方芳，不出一聲。

他們隨即叫方芳交還指環。

芳對上司說：「我過兩日便來上班。」

「你——」

圓子說：「她忙着工作只有好。」

出外靠朋友。

圓子每日燉湯水讓芳當午餐進補。

芳不愛吃，讓給助手。

「那你喜歡吃什麼。」

「文中酒店四吋直徑黑森林蛋糕。」自那時吃成習慣。

助手嘆氣，真不明白，那樣紮壯的年輕人如何短短幾個月間便灰飛煙滅，地面再也沒有此人。

芳漸添磅，但始終不復舊觀……

傍晚，阿關請方小姐過去會議室。

芳推開門，看到一個西服男子背她而立，看窗外風景。

誰，這麼漂亮，肩膀是肩膀，腰是腰，西裝寬闊不掩強壯手臂。

他轉過頭。

「阿默先生！」

他整理了鬍髭，只餘唇上薄薄兩片，頭髮也梳理好，完全是現代人模樣，雙目炯炯，朝方芳微笑。

「啊，你還在本市。」

他忽然說普通話，「是想趕我走？」

方芳目瞪口呆，還會漢語呢。

「我是生意人，如今，不會一兩句普通話，行嗎。」

太意外了，這個人有趣。

他走近一步，沒戴領帶，解開兩顆襯衫紐扣，露出些許汗毛，他渾身散發着強大男性魅力，那雙肩膀，不能冒昧靠上，看着也是一種風景。

「你覺得我新奇。」他笑。

芳不好意思，「找我有事？」

「一起吃頓飯好嗎？」

「本市人口擠迫，這種時刻，飯店餐館喧鬧到不堪，你不會喜歡。」

「我知道有個地方夠靜。」

「何處？」

「敝國領事館。」

芳嚇一跳。

他溫和地說，「你想多了，我指使館附設小餐館。」

芳仍然猶疑。

「阿關願做擔保，我與他在牛津五年同窗。」

「我想換下工作服。」

「就這樣最好看。」

阿關講得對，他還那麼會講話。

「你可懂我們詩詞？」

「我只會『有花堪折直須折，莫待無花空折枝』。」

芳忍不住笑。

她取過手袋與他外出。

阿默一隻手擋住她腰保護，免她受到碰撞，可是卻不碰到她身子，距離一兩吋，叫她舒服，啊，他這種成熟男子風度真叫人佩服。

芳建議，「坐群眾公司的車吧。」

他一怔，「沒問題。」

她還有點顧忌。

小館子的確清靜。

芳佩服自己膽識，這是阿默地頭，隨便哪種食物灑些藥物，第二早不知在何處醒轉。

但是她對他有信任，他不會做這種猥瑣事。

「可要喝些酒。」

「香檳便好。」

他用流利法語叫食物，真是世界仔。

芳的目光一直忍不住留他身上。

他忍不住微笑，完全知道這華裔女子心中想什麼。

「打算留在本市多久？」

「已往倫敦轉了一圈。」

「飛機當家，相當辛苦吧。」

「寂寞枯燥。」

「眾妃嬪呢。」

「我尚未成家。」

「啊，家長沒有催你？」

「貴國與敝國家長的勢力，均莊嚴可怕。」

芳許久沒有如此開心，沒想到遇到他鄉知己。

她舉杯一飲而盡。

食物上桌，阿默點的是一大塊幾乎全生牛肉，跟他的巴掌差不多，厚吋許，一切下去，血汁溢出。

怪不得這人身上總像有股氣味，不，不，不討厭，不過茹毛飲血，養獵隼的人一定與眾不同，唉，每吋都是男人。

他像是知道方小姐也許覺得不慣，朝她微微睞睞眼。

「男人，吃飽才好做事。」

芳看着自己碟子上小小一塊塌沙魚。

好戲還在後頭，沒叫甜品，已經端上。

竟是芳慣常當飯吃的四吋巧克力蛋糕。

啊，她的陋習，他全知道。

「恕我冒昧。」

這樣男子，會叫人上癮。

他抹抹嘴，「今天真高興請得動你。」

領班走近，再開一支香檳。

芳問：「為什麼？」

「我對你一見鍾情。」語氣十分誠懇。

「哈，何處學來如此多華人花言巧語，彼此年紀不小，難以入信。」

「嘿，」他學她語氣，「一日賣出一百個假，三年賣不出一個真。」

芳忍不住笑，「你肯定你是阿裔。」

他自胸前取出一本護照，「杜拜國民。」

方芳只得問：「你想怎麼樣？」

「我亦不知怎麼說才好，看到你，無限歡喜，本親王難得遇見一個有靈魂的女子，首次，覺得女性可以有商有量，盡訴心事。」

如此讚美，誰不愛聽。

方芳嘆口氣，「不敢當。」

她也早已放棄「男人也可以做知己」念頭，沒想到今日談得如此開心。

「今天很高興。」

「你的得意事不會少啦。」

「上次興奮是找到醫生應允複製寶貝生命。」

什麼。

「牠實在太得主人歡心，牠會得隨我一步步散步，目光從來不離開我，稍微有指示，即時飛上停我肩上，太可愛啦。」

芳微笑，他的女朋友，也必須這樣？

「你誤會了。」

「我不會是任何人的理想女朋友，你們同我國的男性相差無幾，不會真心尊重女性。」

「我喜歡你說話句句真心，芳，說：說你對我也有好感。」

「何止好感，你是我見過最英俊的男子。」

「我的內心也相當漂亮。」

芳又微笑，真是這三年加一起也無今夕笑得多。

她何嘗不是一個貪歡的人。

「阿默，我倆沒有前途。」

「我不敢奢望前途，明天，明天再出來，陪我到北京。」

「阿默，多謝你激賞，我真的不適合你。」

「你這吃豬肉的異教徒！」

「阿默，」芳忽然伸手觸摸他鬍髭，「我是一個寡婦。」

他怔住。

「是一些風俗至厭惡害怕的身份。」

他一時意外，沒說出話。

底牌已經揭開，芳這樣說：「噫，明早還要上班呢。」

他緩緩站起，「我送你。」

「不用，忘記了嗎，我有車。」

阿默抓住她的手，「我與你一起。」

他拖着她手輕輕走出飯店。

領班追上，遞給他芳吃剩蛋糕。

阿勝把車子駛近。

芳勸他：「回去吧。」

司機警惕下車看牢阿拉伯漢子。

阿默不想驚動旁人，「我明早到你家。」

芳連忙上車關門。

司機接過蛋糕。

芳忽然落淚。

她用電話找到上司：「你若想我明天上班，請阻止外國人上門。」

阿關大驚，「他對你無禮？他不是那樣的人！」

「不，不，不是他，是我害怕。」

「方小姐——」

方芳掛上電話。

回到家，她苦惱：連一個說話的人也不可能。

聽到一把聲音說：方女士，想說話，你有圓子與程長。

芳用手搗住頭。

忽然那把聲音變成丈夫的語氣：我也希望你重拾高興。

一個寡婦，應當那樣開心嗎。

兩把聲音都靜寂下來。

她忽然聽到自己的説白：方芳你希祈什麼樣的發展，這個人，難道會這麼説：芳，我願意放棄一切王權富貴勢力，讓我帶着你到北國不知名小鎮住下，男耕女織生兒育女，過其餘生……

芳失笑。

第二早，司機阿勝敲門：「方小姐，關先生在車裏等你，説是往飛機場送一位客人。」

芳心裏明白，「給我十分鐘。」

淋浴洗頭，穿上衫褲，為禮貌起見，略施脂粉，用一件薄大衣遮住不足之處，在樓下與阿關會合。

阿關雙手合十，「在下十分感激。」

芳不出聲，她一向隨傳隨到。

況且，她欠阿默這個人情。

「芳，你還記得懷中那個投資計劃否？」

「是我做的策略，當然記得，不是已經擱置了嗎？」

「我們還有最後一個機會，我們這就去見那個周懷中。」

什麼？

不是送阿默往京嗎，芳怔住。

「周氏給我們十分鐘時間，分析為什麼要由群眾作中介而不是美國的金剎。」

「他人在何處？」

車子往小型飛機場駛去。

芳氣結，「他在飛機上？」

「別與生意計較。」

「群眾也太屈膝卑下了。」

「親愛的方小姐，這十分鐘就靠你了。」

如此應召迎送生涯！

幸好，芳已不是十八歲，她知道真實世界是怎麼一回事。

車子駛進停機坪，清晨霧濃風極大，有寒意，頭髮吹亂，衣襟敞開，有點狼狽，芳反而笑出聲，不過是十分鐘，盡人事，努力做，替老闆消災。

他倆登上小型私人飛機的金屬登機舷梯。

一個女助手冷冰冰迎上叮囑：「記住，十分鐘。」

她把他們帶到飛機艙。

芳已作最壞打算：一個肥胖坐着不動無禮驕橫的中年漢，哼哼嘿嘿，目中無人……

是，是一個中年人，但不胖，斯文有禮，「勞駕了，時間窘迫，不得已處請見諒，請開始吧。」

芳喝口茶，開始她的說白。

她早已熟練在心，總算有表現機會，一口氣不徐不疾說完，必要時向阿關施一個眼色，讓他補白。

「群眾只得一層三千平方呎精簡辦公室，因此，周先生可隨時找到負責人，那是我，方芳，周先生，你好。」

那周先生不出聲。

助手在後邊輕輕提醒，「周先生，起飛時間到了。」

他微微揚手，這樣說：「我與關先生其實是老朋友。」

阿關一聽，知道會有轉機，吁出一口氣，「那麼，待你回來再談可好。」

「這個計劃，也談過多次，這樣吧，回群眾把最後細節說妥，就此簽約如何。」

阿關一怔，「你不去紐約了。」

周先生笑，「方小姐講得對，金剎架構複雜，不過派一名CEO見我。」

他吩咐助手幾句：「請西門與保羅到懷中等我，知會金剎會談押後。」

芳一看時間，才不過七時，城市還沒有甦醒起床。

他們坐同一輛車回市區。

那周先生問：「兩位肚子可餓，先吃早餐如何。」

芳忽然不再順從，「先回群眾，邊吃邊談。」

以免夜長夢多。

不料周氏應允，「好，好。」

芳吩咐助手：「粉粥麵飯，各要幾款。」

周氏加一把聲音，「最好有牛脷酥。」

阿關發獃，方小姐發號施令，頭頭是道。

根本是，做生意，各得所需，雙方都有益處，何必半跪着叫萬歲。

秘書也已趕到，芳輕輕說：「給阿勝一份。」

懷中公司的西門與保羅隨即而至，芳之前已見過他們，大家連忙坐下。

早餐也送到。

芳聽見自己胃部那任性不隨意肌咕咕響，連忙喝一口及第粥。

原本懷中這個機構嚴禁開會時喝茶吃點心，今次真是例外，眾人已餓了一夜，皇帝不差餓兵。

關老闆指出：「這一節——」

英國小子西門從未吃過牛脷酥，不明天下如何會有此美食。

周懷中不再說話。

他坐一角喝鹹豆漿與吃燒餅油條。

他貪婪地靜靜打量方芳。

自飛機窗戶看出，他便看到這年輕女子下車，他沒見過她，這是誰。

勁風幾乎吹得她打踉蹌，頭髮衣衫亂成一片，在晨曦，纖細的她不是不狼狽的，但她不但沒有哭喪，反而笑出聲，呵，想必聲似銀鈴。

上得飛機，她也不急整理儀容，頭髮眉睫上都沾露水，卻奮不顧身清脆玲瓏說起公事，她渾身還發散淋浴露芬芳，顯然被老闆極急促拉起床趕到飛機場。

毫——無——怨——言。

日常遇到實在太多發牢騷的人：父母、妻子、兒女、女友、整間公司都對不起苦命的他們……

怎麼都沒想到今日清晨，會遇着一個如此愉快、令人振奮的生命。

而且，臉容如此秀麗。

保羅走近向他匯報過程。

這麼順利。

「律師正趕過來，九時正可簽合約。」

周氏點頭。

這時，芳的電話響。

關先生問：「你還開着電話？」

「這個一定要聽，這是家父。」

她走到近窗戶角落。

太陽升起，在她身形與亂髮上綑上一條金邊。

對方是阿默。

他沒有說話，只傳給芳一條短片。

他在某座小型飛機場，已換上民族服裝，長袍被風鼓動，曼妙像風帆，忽然一隻隼飛近，停在他腕上，啊，他把寶貝帶來。

然後，看到他嘴型說：「再見。」

芳垂頭嗒然。

是她不夠膽子接受浪漫，與人無尤。

她熄掉電話，靠窗站住。

如果剛從大學出來，自然碰到誰是誰，快樂，無論是一小時或一個月，她都感恩，今日，天氣欠佳已叫她成蓬頭鬼，非自愛不可，否則，報上刊出「中年艷屍死無葬身之地」，有什麼好看，不怕別人說什麼，她着實過不了自己那一關。

落寞神情，看在周懷中眼裏，這哪裏是方小姐的老父來電？過來人心知肚明。

九時半簽妥合約，封上火漆。

「大家先休息，晚上吃飯。」

芳不出聲，她從不陪客吃飯。

這仍是最後底線。

她找程長聊話。

程小姐看罷阿默短片，「嘩，少見如此英軒男子。」

「介紹給你。」

「你看到他腰間佩着的鑲寶石彎刀無，我此刻只求家宅平安，心臟已老，不勝負荷。」

「但一定會是一生最豐艷經驗。」

「謝了。」

「我們可是已老死枯萎。」

「不，只不能再次浪費時間。開頭，當然只是為着片刻歡愉，然後，人性貪婪，漸漸渴望全心全意，所有時間，最後，索求無限，必定不歡而散，開頭多瀟灑浪漫都不管用。」

程長嘆口氣，「遙想小妹當年，大學剛畢業，不思進取，談戀愛，一定要跟一個英籍講師回鄉，到蘇格蘭村中木屋天天刨薯仔洗衣服，那處連洗衣機也無，一日，打破瓦缸，差些割下左手食指，獨自趕到醫務所縫針，醫生皺着眉頭說：『小姐，你以後不能彈琴矣。』我如大夢初醒，立刻回去取護照回家。」

「哎，你從沒對我說過此事。」

「整整浪費三個月，試問一名少女有幾許三個月。」

「那人可有追上？」

「追你個頭。」

兩女一齊笑。

「我立刻找到工作，努力賣命，一直到如今。」

「你也不寂寞呀。」

「哎唷，樹欲靜而風不息。」

「這句話彷彿不是那樣用。」

「廿七八歲總還有異性追求，最近是難一些，少女們真是膚光如雪，

宜喜宜嗔。」

「程長，我還親眼看到男學生與你說個沒完。」

「你喜歡帶孩子？」

「那麼，也還有外訪講師、本地教授。」

「男人到中年，會有一股討厭氣味，衣衫漸漸邋遢，最怕禿頭。」

芳無奈，攤手。

「商界男性又還好些。」

「他們泰半覺得一切可用錢買。」

「這社會原本如此。」

「某同事把女兒送到私立南加州大學讀書，可以猜想是何種高昂學費，畢業、結婚、生子，寄回照片一看：一家三口均穿洗得變形T恤，像經營shup shup仔老華僑，這種失敗投資……」

「不是只希望他們快樂嗎。」

「你是心靈雞湯擁躉嗎，我倒是希望孩子們學以致用，揚威異邦，成為量子通訊首創者之類。」

「幸虧你沒有子女。」

「不打沒把握的仗。」

「你是獨身貴族，我是寡母婆。」

「不講啦，眼淚快掉下來。」

「出去喝一杯。」

「我還有卷子要改。」

「我也有文件得做。」

第二早，助手說：「關先生問你為什麼不出去吃飯。」

「他知道我的規矩。」

「那位周懷中先生問起。」

「陪飯，要有陪飯條件，你看我面黃肌瘦……你去吧。」

「有一種粉，閃光透紅，在燈光下尤其好看。」

「自欺、欺人。」

午飯，助手替她買兩盒粉紅色面粉，放桌子上。

真奇妙，薄薄上妝，足足年輕三年，效果已經了不起啦，只不過臉容仍有點呆板。

助手說：「一星期用光一盒，我從不落妝。」

「希祈什麼呢，博男人喜歡嗎？」

她毫不諱言：「是，多看我一眼給我多些自信。」

「他們會因此愛惜你、保護你、一生一世不說謊言，到耄耋，你扶他還是他扶你？」

「你真超級悲觀。」

「你沒服侍過老弱病者吧，那是世上最絕望骯髒工作。」

助手嘆氣，「不說啦，我去寫紀錄。」

那阿默像一帖興奮劑，叫她露笑、樂觀、振作，藥力一過，她又頹然。

天氣報告，要下整個星期雨。

另一方面，也有人那樣想。

懷中公司的老闆周氏每天都奔波勞碌為着生意滿天下跑，有時在飛機上一覺醒轉，模糊間不知身在何處，從哪裏來，要往哪裏去，耳畔只有嗡嗡飛機引擎聲。

提早退休也是好事，大兒已廿八歲，不止一次說：「爸，讓我來」，但退下，又幹什麼，有朋友退休一年，閒得慌，患憂鬱症，幾乎得進療養院，結果復出、信佛，被他調侃：「佛學何等深淵，豈是結三次婚的人可以理解。」

但是，那天不一樣。

他坐在飛機艙，盤算如何把群眾那渾身銅臭老同學在十分鐘內轟走。

他在紐約有佳人等候呢。

就在這時，他看到老闆下車，接着，是一個女子，那是他助理吧。纖細女子被勁風一吹，似站不住，頭髮揚起，衣褲扯上一半，原來穿着運動衫褲，腳上是球鞋。

他一怔，想起大學時操場上運動女同學，也是這樣脂粉不施頭髮毛毛純真可愛。

他早已靜止休克的心忽然彈跳一下。

奇怪，周懷中，你怎麼活過來了。

不知有多少日子，閣下軀殼已經殭屍般自動運作，靈魂漫遊七重天，無從歸位。

那日，該刹那，忽然全神貫注。

女子上飛機艙，在他對面坐下，得到老闆示意，複述群眾那套如意算盤。

他半抬眼睛打量女郎，啊，神情一定像所有貪婪猥瑣中年漢。

不過，她沒注意，簡單扼要說了十分鐘，聲音動聽，精神閃爍，這關某，不知何處找到如此盡忠助理，她身上有一股沐皂香，頭髮還未乾透，剛淋浴呢，中年男子有遐想。

說完了，周懷中呆視她雪白面孔。

「我叫方芳。」她說。

周氏伸了伸腿，怎麼搞的，活轉來了。

渴望再見到她，也不難，把生意交群眾好了。

他立刻叫飛機掉頭。

可是，她沒有出來吃飯。

那樣玲瓏聰明的女子……他不認好色，他只是希祈有盼望的感覺。

他沒有查探她的根底，自身逐一探索，才是正途，每一新發現，都是驚喜。

周氏終於想到叫一桌著名海鮮飯店菜餚到會，在群眾會議室請同事。

這可不是在外吃飯，方芳不得不參加。

同事開心得不得了。

「該爿著名飯店從不外賣，我們這次好口福。」

方芳例牌只吃小小一塊魚。

周懷中坐她斜對面，可不着痕跡細細看她。

只見她下班也沒空閒，手下職員趨在身邊問這問那，她逐一低聲講解，聲音細得聽不清楚，平穩篤定胸有成竹，那關某，不知何處覓得如此人才，羨煞旁人。

只見芳還不停幫職員夾菜，一碟東坡肉已吃光光，只剩一塊，她夾給周氏，一邊說：「這塊不油」，如此體貼，姓周的幾乎鼻酸。

這些年來，生意合夥人巴不得與他一起喝死吃死，誰關心他健康狀況。

方小姐毫不經意做來，特別感動。

她不止廿多歲了，約莫三十出頭，正是女性最成熟動人歲數：懂事、有分寸、善解人意，卻還不算老精靈，也不是那種凡事先嘟起嘴扮十五歲的老少女，她有自立能力，有見識，能擔當，實是最佳女伴。

而且，容貌秀麗。

說白了，一般男子都認為，女子當然需要貌美身段好，否則，再聰慧有何用。

忙足一天，芳襯衫腋下已印出汗漬，好不性感。

周先生有點坐不穩。

終於，一餐飯吃罷，大家道謝。

關向老同學鞠躬，「謝謝，謝謝。」

大家已有醉意，周捲起襯衫袖子，解開胸前兩粒鈕扣透氣。

他想與方芳握手，又怕握緊不願放，只得拉着阿關離去。

「你怎麼了？」

周不出聲，手臂搭着關肩膀。

關了解他，「你看中誰？不會是方小姐吧。」

周不發一言。

「你這個年紀——」

「什麼這個那個，我與你同年。」

「可不就是，城裏美女要多少有多少，你若發聲，一定踴躍赴約，方小姐是我得力助理，你別添亂。」

「你太自私。」

「她不會喜歡你，你太老太土，動輒出動飛機大炮，濁死人，方芳正在做懷中近八十條詳細預算項目，你別打擾她。」

「人家毋須私生活？」

「也毋須與你這猥瑣老頭卿卿我我。」

誰知平時最耐說笑的周懷中忽然生氣，一手撇甩關氏手臂，一個踉蹌，幸虧他司機就在附近，過去攙扶。

方芳冷靜看着，唉，多喝誤事。

第二早，阿關一邊吃頭痛藥一邊與芳說：「小心那周懷中，他是一隻狼。」

方芳不禁笑出聲。

甫上班時，街外人也如此詆毀阿關，嚴重警告少女。

連丈夫都說：「你上司為何留小髫髭，笑起有點奸相。」

結果相安無事。

方芳不以為意。

「周對你有意思。」

芳揚手，「你別多心，人人對我有意，那麼好？」

外頭有人找她。

誰。「一個少女，說是你侄女。」

方芳並無兄弟，何來侄女侄子。

「我出去看看，十分鐘後叫我開會。」

「明白。」

不錯是名十七八歲少女，芳仍不認得她。

「嬸嬸，我是智明呀。」

方芳緩緩想起，呵這是丈夫兄長的女兒，一晃眼這麼大，一時沒認出。

「請坐，吃點果子，有什麼事嗎？」

「嬸嬸，打擾你。」

少女一臉尷尬，一看就知為什麼而來？

「嬸嬸，我想留學。」

明白了。

「父母收入有限，我只得上門求你，嬸嬸，你可以資助我否，這是我的計劃書。」

方芳輕輕吁出一口氣，「有志向學是好孩子，你要去的是加國吧，也不便宜，人一我六，外國學生讀文科也大概每天百元，尚未計食宿。」

「我可以打工。」

「説時容易，哪有這許多精力，不扯閒話了，我知你求學心切，老實説，智明，我是一個寡婦，我並無借力之處，我得小心為自己生活謀算，這樣吧，我不能叫小輩白走一趟，我給你出一張來回飛機票與若干零用；這是我可負擔款項，其餘的，就請你原諒了。」

少女淚水緩緩流下。

方芳開一張現金支票，遞到她手上。

「謝謝，嬸嬸。」

「不客氣。」

芳把她送到門口。

少女當然失望。

供一個孩子往外國讀碩士，即使文科，約莫也是三兩百萬的事。

倘若父母未能幫助，那麼，可工作數年後自費，也可以努力考獎學金，條條大路通羅馬，有志者事竟成，當然吃苦，有誰不吃苦。

接着，又有幾個孩子上門，想必風聲傳出，紛紛來嚐甜頭，都被秘書擋回，「方小姐出差，一年半載不會回轉。」

秘書問：「是怎麼回事？」

一看方小姐臉上陰霾又回轉，眉特別濃，臉特別白。

秘書識趣走開。

芳自己怎麼讀的書，半工讀在唐人餐館做得幾乎生肺病才停止，轉為老華僑寫信與各政府部門轇轕。

她也問親戚借過學費，恍如昨日之事，那人正抽煙，仰着臉香煙似高射砲，「我肯，我老婆也不肯。」

芳至今想起臉腮都辣辣紅。

都過去了，此刻，她也需應付上門來借錢的人。

內疚？怎麼會，各歸各，誰也不妄想有誰會來救命，多好。

下班，等阿勝，一輛黑色跑車緩緩駛近身邊。

唷，好氣派，不是紅色小小敞篷車，是輛愛斯登馬田。

一看司機，原來是周懷中。

芳微笑。

「累嗎，喝一杯鬆弛一下。」

「都以為周先生去了紐約。」

他剛想回答，不料芳身邊竄出一個女子，大聲説：「總算逮到你！」

那女子伸手拉開跑車門坐上，老實不客氣吆喝：「周懷中，開車！」

那周某呆住，眼白白看着方芳笑着離去。

他沒有開車，看着艷女，「芝芝，你搞什麼鬼。」

「我想你了。」

周氏沒好氣，但還盡量忍耐，「你我多月前和平分手，所有條件已在殷律師處辦妥，這回子你又生事，太不懂事，這樣，會惹人厭憎，何必呢。」

那芝芝嘟着嘴。

「你還在我朋友面前剃我眼眉，這是恐嚇，還是威脅，最要不得，佛都生氣。」

「你大人有大量。」

「你想怎麼樣。」

「錢用得快……」

「說好只這麼多。」

「你不在乎。」

「芝芝，我非常小器，你休糾纏不已。」

艷女知道理虧，沉默，忽然落淚。

「我不捨得你。」

「明日我叫殷律師與你聯絡，下車吧，回去好好睡一覺，明天保定沒事，以後別再出現。」

「我——」

「專心演戲，你不是沒有天份。」

他推開車門，她只得下車。

想想到底不忍，叫司機趕來送她。

這算是一個有風度的男子，懂得基本禮貌，一些男子，白相完畢，一腳踢開，不但沒有絲毫賠償，還要狠狠踩上幾腳。

第二天，周懷中送花道歉，每個同事幾乎都可以分得一打白色香花帶回家。

助手問：「這是幹什麼。」

芳把過程簡單說一下。

「我知道誰是芝芝，她若果不住鬧下去，前途堪虞。」

「你少擔心，個人有個人緣法，社會的度量衡很奇怪，原諒一些人，卻又怎麼都不肯放過另一些人。」

「我情願做無名無姓平凡布衣。」

「那也不輪到個人選擇，命運要你黃袍加身，你就成為名人，還不去忙工作。」

周懷中電話問候：「原諒我否。」

「敝部門還缺五打糕餅，十杯咖啡，若干燕窩，還有，一輛嬰兒車，都必須是上好貨色。」

他笑，「明白。」

她叫他笑，他已不知多久沒如此從內心笑出。

「還有。」

「儘管吩咐。」

「我知你有特殊關係可做到此事：我想看英國脱歐那五百八十餘頁文件原稿，可以嗎？」

周懷中一怔，「你看那個幹什麼，英議員看到眼都盲，認為是廢冊。」

「知識即是力量，我真想知老奸巨猾的英國是如何泡進這鍋粥裏。」

「你這奇怪的女子，我替你設法，那麼，你是否原諒我。」

「周先生，我不知你說什麼，我不覺你有何事得失我，你把文件給我，我請你吃飯。」

那樣，他也花足三天，才託人把那冊文件拿到手。

「真是爛賬，像一宗鬧燶了的離婚官司。」

也大約都是錢的問題。

芳把文件小心翼翼收好，讓助手收到夾萬，她會把文件與圓子分享。

她換上一件旗袍赴約。

淡灰色絲袍下擺繡一大串紫藤，十分曼妙，周懷中看得發獃。

有那麼漂亮嗎，也算可以打八十分啦，但又不至於一百零十分，他被她吸引，不能自已地死加分數。

「芳，出來自家做公司，我資助你，不必再替阿關這種渾人打工。」

芳笑出聲。

「不要說你滿足現況。」

「我滿足現況。」

「浪費人才時間。」

「你叫我想起微軟CEO到處招攬人才：『不要再在哈佛或耶魯浪費時間，快來加入我的隊伍。』」

「芳，我真心實意。」

「謝謝，還未到獨立門戶時間。」

「芳，你喜歡什麼樣男子，是否嫌我俗氣。」

芳一怔，「周先生，我們才見過幾次。」

「依你說，還要等多久，十年『你好、再見』之後才表態嗎。」

芳真喜歡他的坦誠。

「我已經四十六歲，看到喜歡女子，當然立意追求。」

「周先生，都會銀行區各行各業獨身標致女行政人員極多，我可以給你介紹。」

「為何一掌推開。」

芳不出聲。

她不想再談戀愛，又不想不談戀愛，這周先生，彷彿不是談情說愛對手。

「我知道，你曾經有過一段婚姻，不想這麼快又進入第二段關係。」

「噫，你都知道。」

「我並非故意打探。」

「是關渾人多嘴。」

「他也是怕你受傷害。」

「由此可知你頗為惡名昭彰。」

他嘆口氣，「我此刻的奢望是與女伴在傍晚工餘喝咖啡，談論英國與歐盟最終結局，怎麼樣，願意試試嗎？」

芳看着他，她何嘗不想。

這個建議真夠誘惑。

周懷中方頭大耳，並不難看，鬚眉男子模樣，有肩膀，呵還有私人飛機，絕對有資格談論英倫三島會否從此沉淪以及諸生意人何去何從。

他用手帕擦擦手，「我雙手冒汗。」

他是老派人，至今尚用手絹。

「你讓我想想。」

「別一想三年，咱們可不比十五六歲少年人，可以奢侈地頭碰頭喝同一杯冰淇淋蘇打看誰愛誰更多一點。」

説的都是實話。

芳忽然感動，握住他的手。

他也不客氣，把芳的手帶到唇邊輕輕一吻。

芳這樣説：「我想早點休息。」

回到家，手心還有溫暖被吻感覺。

第二早回公司，她取過厚厚脱歐冊子細閱。

那工程何等浩大，歐盟二十八個國家，多少種文字……這好比建造萬里長城！堪稱本世紀最浩大論文。

人各有志，也各有所好，芳沉醉閱讀。

不一會有人送補品上來，最奇還有一架三用精緻嬰兒車。

「給會計部阿張送去，她已懷孕三個月。」

不料有人不忿，「我懷孕五月也無人關懷。」

芳連忙說：「失覺，你先拿去用。」

她請送貨人再拿兩架過來。

周懷中問：「今晚可以吃飯嗎？」

「不是吃過了嗎。」

「一日不見，如隔三秋。」

如此老套，叫芳失笑。

「你嘲笑我追求術趕不上潮流。」

「好好，我反正吃一塊魚。」

「六時正在你公司樓下接你。」

是比較過時，他應不約就在樓下無故出現：並且佯裝等得有點人憔悴之態。

但他是個成功的生意人，他不屑那樣做作。

他準時接她，到一爿小小粵菜吃平時不大吃得到的家庭菜，其中一味蒸魚雲鮮味到芳「唔唔」聲，小小冬瓜盅內有夜來香花蕾。

「你很會吃呀。」

「阿關教會我，我哪有時間工夫。」

「別謙虛，平時帶女伴到何處？」

他但笑不語。

旁邊一桌年輕男女明顯在慶功，一邊吃新鮮鮑魚一邊喝酒，比賽豪情，大聲喧嘩，彷彿千杯不醉。

芳亦有找不到淘伴的惆悵，她已覺得喝個半死明早還得起來辦公是苦差，酒精並不能化解徬徨、寂寞、失意，難道沒聽過酒入愁腸愁更愁嗎，一早喝傷肝臟，那才吃苦。

如此理智，還約會呢。

這一頓吃得相當滿意，對同伴的感覺也有進步。

他看世界態度，與她接近。

可是，中間還有距離，不知要走多遠，才能接觸對方內心。

繼續約會整年？「喜歡看什麼種類電影，我有整套費里尼與迪士尼動畫」，「上次旅遊是何時何處，最想跟航天器 Voyager 旅遊」，「可覺得『救地球』這三個字假大空」……

像無知少女般探索對方內心。

她幹什麼要瞭解任何人的內心？

但是，隨即發生一件事，轉變她的想法。

離去時他倆朝車子走近。

老周想握芳的手，正在猶疑間，忽然聽見轟然巨響，震得耳膜嗡嗡響，他本能把芳拉到身邊保護，兩人看到奇景。

只見一輛小房車猛力撞到石欄，衝力強勁飛到半空，像玩特技似在空中轉了兩個360°圈，嘭一聲肚皮朝天落到地上，車子已不成車形，整個車頂壓扁，零件輪胎四射，途人嘩然。

有人嚷：「快報警，當心燃燒！」

「車內有人！」

那周懷中像是變了一個人，他二話不說，撲到自己車尾打開車廂，取出工具箱，跑近失事車輛，呼叫：「各位，過來幫忙！」

他拿大起子用力施救，撬開車，用剪子剪掉安全帶，抱着一個孩子，放地上。

「大家，駕駛位還有他母親，快！」

其餘市民也已圍近幫忙，「我們來。」

芳看着那孩子四肢放軟，分明已失知覺。

「會心肺復甦否？」

芳蹲下做人工呼吸，把孩子頭後仰，用嘴蓋住小孩鼻嘴呼氣，一邊雙手交叉按胸。

孩子！醒轉！你還沒有上小學，醒來，讓兇悍小學老師狠狠挑剔你，你還沒有談戀愛，醒轉，讓沒心肝小美女血淋淋丟棄你。

忽然之間，芳淚流滿面。

不要辜負我，小孩，快回轉這個一無是處世界繼續受折磨。

這時有人搭住她肩膀，救護人員已經趕到，「小姐，請讓開，我們有氧氣。」

這時，芳看到小孩的手動一下，她的魂魄這時才歸位。

他的母親呢。

只見也被拉出車外，坐在地上，一身是血。

芳竟未聽見救護車與警車嗚嗚作響。

警察用擴聲器這樣說：「感激各位好市民，請退開讓我們做救護工作。」

芳用手緊掩住面孔。

周懷中一手把她摟在懷中，捣住她頭，「沒事，母子都活着，真是奇蹟。」

芳不由得雙臂圍住他腰身，忽然嘔吐，把半消化粵菜吐到他身上，又酸又臭。

「不怕不怕。」

他摟着她上車。

用電話叫司機趕快趕到現場，「帶兩件浴袍與大毛巾，有人醉酒。」

他竟那樣鎮靜。

方芳渾身簌簌抖，握緊拳頭，又還好些。

她已經歷過一次死亡，忍不住戰慄。

周家司機帶保母趕到，立刻幫芳脱下骯髒外套罩上浴袍，「這裏有熱薑茶，請喝一口。」

周懷中也除下齷齪衣物。

司機問：「可是回家？」

這時周懷中問一句極其可笑的話，「芳，你家，還是我家？」

方芳想笑，又笑不出，「先送我回家吧。」

「不要離開我，與我一起。」

平時，芳必定拒絕，但今夜不是一般晚上，她點點頭。

保母把熱毛巾遞給她，她拭一把，舒服一點。

司機在車外打聽幾句，把那工具箱取回，這樣說：「傷者車輛左前胎忽然爆炸，危險到極點，警方説幸虧市民見義勇為，搶到第一救援時間，母子骨折，孩子有剎那停止呼吸，我認得這工具箱屬周先生所用，不幸中大幸車子沒着火燃燒。」

回到公寓，一打開門，周怔住，客廳沒他家玄關大，淨得一張書桌與兩張椅子，地下堆滿文件書本，倒也素淨。

保母有辦法，這樣說：「周先生，你到浴室沖身，我與方小姐在廚房洗一洗。」

保母找到黑色大垃圾袋，把髒衣服丟進。

她一雙巧手，幫方小姐洗頭洗手，沒濺濕地方。

「謝謝。」

「我叫阿月，不客氣。」

「你好，月姐。」

那邊，周懷中個子高大，擠進小小衛生間，幾乎轉不了身，忽忽淋身，他聞到方芳用的藥皂清新，忽然振作，好好洗刷一番。

司機敲門，「周先生，替換衣服。」

他取過換上。

看到鏡中自身反映，一怔。

竟胖這許多，腹部肥圈連吸氣都吸不進去，活脫是個膀爺，他慌忙套上衣服。

司機說：「這裏有點粥與點心，周先生吃一點。」

還吃？

一口一口吃得起碼超重五十磅，還吃？

他這樣說：「你與保母收工吧。」

方芳已在喝白粥，嘆口氣，「你的手下真管用。」怕是司空見慣。

「過來，坐下，我有話說。」

「這是你的大杯黑咖啡。」

「上你家，並非想揩油。」

「我知道。」

他頹然，「這些年，我並沒有好好保養，我已是變形水泡人，還妄想追求清秀標致的你，芳，我自慚形穢，無地自容。」

「你說什麼！你鬚眉男子，一表人才，要才有才，要財有財，根本不

乏女伴。」

「我會健身，我會掙扎。」

芳笑得翻倒。

本來，他可以試探進一步行動，但他沒有十足信心，倘若表現不及水準，他就完了，忽然情怯，吻着她的手，鼻子都紅，從來沒有如此躊躇過，真正因愛故生怖。

「好了，累了，你睡何處。」

「我睡地下。」

芳給他一隻睡袋。

躺下，兩人才知道累，像與十名大漢拼死命打過一仗，所有關節都痛得要裂開。

他倆很快入睡。

第一次在她家夜宿，一點旖旎也無，他一輪嘴朝她訴中年哀樂，她倒是好言好語安慰。

芳心中想什麼？

她也不小了，從前廿三吋腰身，按年遞增，有次與圓子在時裝店試身，如此嗟嘆，「啊發生什麼，我如今看上去像一張舊沙發。」

她也得上健身院，連那塊魚肉也得戒掉，芳見過背脊厚如砧板的女士穿露背，可怕程度，非文字可以形容，弄得不好，那就是方芳女士。

終於掙扎起床，是因為門鈴大作。

她去開門，原來是警方前來錄口供。

「警方代表市民感謝兩位。」

「他們母子情況如何？」

「穩定下來，小孩可以自行進食。」

方芳放下心。

「他們想見見你們呢。」

方芳說：「不用了，任何人都會那麼做。」
警察忽然說：「這城市是一個好城市。」
方芳點頭，「說的是。」
「有什麼話同孩子說嗎。」
「好好讀書，孝順父母。」
警察笑着離去。
周懷中惺忪站一角。
芳想斟咖啡，他一手拉住。
「我們結婚吧。」
奇怪，他聲音裏有無限誠意。
芳點頭，「你都想清楚了。」
「想了整夜，連量子奧秘都一清二楚，決定投資。」
方芳說：「回家去吧，大家都要上班。」

「一起吃中飯。」

他想吻她，但是，不知正面抑或打側，淺淺還是深深，唉，還未漱口呢，她若反感，那就是一個大大句號。

做男人容易？才怪。

鐘點女傭總算放完假回轉，世上已千年。

芳洗刷乾淨上班。

用力過度，手腳不聽使喚，連忙服鎮痛劑。

心情不錯，破格穿條裙子。

回到辦公室，助手忽忽說：「阿頭，桂姐有事。」

桂姐便是那懷孕超過三月，爭用嬰兒車那個副經理，地位比助手高一級。

芳忽忽走進會議室，一眼看到阿桂躺在沙發咬緊牙關，面色紫金，都快暈厥。

下身，都是血。

「還不叫救護車？」

「她不肯去醫院，説一離開辦公室，再也回不來，她會被開除掉。」

「這一組是我説了算，立刻叫白車，」她蹲向前，在阿桂耳邊説：「放心，你的工作，由我代，不會麻煩別的同事，快去養胎。」

阿桂的丈夫趕到。

芳看清楚這個人，真是臉青唇白，肩不能挑，手不能抬的樣子，給周懷中一手可以損一個，這人嘴裏還嘮叨：「英女皇不是也生四個嗎。」

年少氣盛的助手大怒，走前，舉起手，要摑這個病夫。

芳連忙攔住，把她推開。

一邊與男人説：「英女皇是女皇，你妻是你妻。」

救護人員把桂姐抬上擔架。

芳叫秘書陪着去。

助手兩手叉着腰：「各位憧憬什麼夢幻婚禮的無知少女好好擦亮招子——」

芳把她拉進辦公室，「你這樣説白，人家會講我們歧視男性，去平權會投訴。」

芳給她喝一口拔蘭地。

芳低頭看到白裙上濺着血，連忙往衛生間換運動褲。

她把阿桂的電腦儲備全放到自家桌子。

助手問：「不是真的要阿頭你動手吧。」

「那麼你來，付你加班費。」

那天下午，她當然走不開，與助手一起梳理阿桂紀錄。

啊，甩漏甚多。

這阿桂工作有一個缺點，她喜歡化簡為繁，無用文件一紮紮，全堆那裏，看得眼花，也不知何處重要，一味樣子好看，不顧實際。

助手喃喃：「許是懷孕內分泌變化，太嚕囌了。」

「還有許多到期工作聯絡都沒做。」

助手算一算，「我需要三天，把秘書借我一用。」

「我可以做這，這，與那個。」

「真要勞動阿頭，死期已屆，那阿桂究竟在想什麼。」

「別擔心，女皇也生四個。」

「女皇有兵呀，愛麗斯夢遊仙境裏的紅色女皇動輒愛說：『Off with the heads!』我也巴不得把那病夫的頭砍下。」

「別激動——」

這時阿勝送食物上來，「周先生讓方小姐最要緊吃飽。」

小小燉盅裏是佛跳牆。

助手張大嘴。

芳說：「你吃，我怕油膩。」

「那我不客氣。」

芳光吃粥。

「有男朋友真好。」

立刻改變主意。

「可有進一步發展機會。」

芳極少與別人説及私事，這次，是不能回答。

「他擁兵卒將，做他女人，不必吃苦。」

歷年吃苦吃到眼核，已覺恐懼。

做到傍晚，才知需要趕多少工作，一一列出。

阿勝又送上精緻果子。

助手邊吃邊聊，發覺阿頭已伏在桌上睡着。

她看看芳。

羨慕阿頭嗎。

行內半個名人，borderline famous，還差半步，特別難走，她可以照顧自身，這才最重要，說得難聽點，一切自顧，要緊關頭致電後事專家，不會勞煩別人。

芳是年輕助手的榜樣：工作能力叫社會認同，人緣不錯，有本事管理下屬，越做越升。

這些，都值得下屬學習。

不過，阿頭的感情生活卻多苦多難。

年輕寡婦，只這四個字，毋須再加形容，已知艱難。

她有幸得到友人眷顧，畢竟廿一世紀了。

助手取過一件外套替她罩上。

有一齣京劇，便叫做三蓋衣，故事有點淒涼，敘說封建時期男女地位不公平。

芳醒轉，下班。

沒想到周懷中當風在樓下等她。

都半夜，為誰風露立中宵。

他沒有上前擁抱，只微笑說：「看到你了。」

他與她上車。

「我們結婚吧，別再辛苦。」

芳答：「飯碗雖然小，但屬於我。」

「同我一樣，辛苦命。」

公寓樓下說再見。

芳伸手搓他的臉，「謝謝你。」

周懊惱，又一次沒把握機會。

第二天，秘書報告：「桂姐有驚無險。」

「休息多久？」

「說不定，許要等到生產，那即是三五個月。」

下午，助手說要與阿頭商量一件事。

芳說：「我知道時間是長一點——」

「不是那樣，阿頭，我在群眾工作已有三年，難得與阿頭相處得好，與同事關係亦算和洽，但久未升職，已有離心。」

芳抬起頭。

「阿頭，你看，桂姐的工作，我全部勝任，請給我三個月，若無意外，請讓我做她的位置，讓我死心塌地留在群眾，也不負你扶植一場。」

「我疏忽了。」

「這是一個助我好機會。」

助手講得合情合理，芳找不到紕漏。

「阿頭，你可是擔心桂姐前途？群眾不是慈善機構，她很明顯不能兼顧工作與家庭。」

芳不出聲。

助手吁出一口氣，「我要說的都說完，阿頭，恕我打鐵趁熱，這年頭，不靠自身爭取努力，實在行不通。」

助手站起預備離開辦公室。

芳也不是優柔寡斷的人，她這樣說：「自今日起，試用三個月。」

助手展開笑臉，「得令。」

「下午那兩個會，你獨立支撐，帶秘書一起，對她客氣點。」

「一定，明白。」

芳把助手的履歷取出再看一遍，讓秘書替她印新名片。

秘書不悅，「桂姐回來怎麼辦。」

她還會回來嗎？

「你答應過她。」

芳瞪眼，「再講，你也放假去。」

關氏回來不過輕輕一句：「有人事變動？」又問：「阿周得手未？」

「這可構成騷擾。」

「我們男生在運動更衣室說的話，比這難聽百倍。」

「關先生，這裏是辦公室。」

「是，是。」他逃出去。

芳與人事部商量。

「懷孕期間，令女職員離職，那可是庚子賠款。」

「依你說如何。」

「我要想想。」

「別太刻薄。」

「方小姐，不是我同你可以說了算，勞工處有規矩。」

她寫一個數目，用計算機把每年月日算出，再加遣散費，給芳過目，

「不算大筆，過得一兩年。」

「有點殘忍。」

「方小姐，你又不是昨日才出世，你簽個字，我差人到醫院同她說明事實。」

「我想親身走一趟。」

「方小姐，她懷身孕，蹲在醫院，萬一哭哭啼啼，有什麼好看。」

「文件先放我處。」

助手進來看見，先向芳道謝：「感激提拔。」

「是你應得。」

「這是解僱信吧，別放太久，那只是虛偽仁慈，歷史上依利沙伯一世把處死馬利皇后的文件積壓着不簽終於還是要簽。」

「你比我還心狠手辣。」

「青出於藍。」

芳把秘書升為助手，第一件事便是叫她與人事部到醫院向桂姐宣佈事項。

回來說：「桂姐說一切都明白，她打算養好身子生下孩子再找新工，希望屆時得到一封推薦信。」

四十二歲停工年餘婦女，還到什麼地方應徵工作。

「方小姐，你需要新秘書，不如外聘。」

「可以，你與助手商量。」

「我們覺得請一位男性秘書比較恰當。」

方抬起眼，「極不適合。」

「至少能擔能抬。」

「你要擔誰、抬誰。」

「太保守啦。」

遞上的應徵信，有男有女，大學剛出身，五官稚嫩，有些身穿溫暖牌毛衣，這種子女的父母過度保護，十分容易被得罪。

「內部可有人選。」

「均年紀老大，十分油滑，不思進步。」

讓她們寫別人工作報告，統統C—F。

「這名是我師弟，泳將，中英文特佳，五官端正。」

芳取過紀錄一看，年輕人叫老百姓。

什麼？

「真是好名字可是，他有個妹妹，叫老布衣，父母有點文化，且很謙虛。」

方芳點點頭，另外再挑三名女生。

她也經過這種面試階段：穿戴整齊，帶着文件正版，微笑進考場，接受評頭品足，全身打量。

有時離開房間，才走到接待處，已被知會不獲錄取，非常勞累、失望、沮喪。

芳忽然想起周懷中建議：給你組織一間小型衛星公司，由你全盤主持……

用她的自主權交換。

助手進來說：「都安排妥當，上下午各約見一名。」

她做得井井有條。

「新職位可愉快。」

「同事約我到三品脱慶祝，有人開始叫我莫小姐。」

「莫小姐，好好做，切莫驕矜。」

她愉快回答：「明白。」

那天晚上，周懷中同她攤牌：「芳，我要到威海衛督促新廠，你與我一起吧。」

齊齊哈爾、烏魯木齊，都是開發新址。

他半跪下，取出一隻淡藍色小盒子，打開，寶石晶光四射。

「我們認識才三天。」

「要多久，三十年？」

「老周，我不會考慮結婚。」

他佯裝委屈，「我不贊成同居，不過，你要是堅持——」

芳又忍不住微笑，老周最大功能是叫她笑。

「這一去可是要一年多。」

「周，我配不上你，我是小公司營營役役女職員，帶不出去，未能艷光照人陪襯你。」

「這是藉口。」

芳無奈，「我剛找到自己，不想再次失去。」

「這是文藝腔沒人聽得懂的藉口。」

芳不語。

「你不愛我。」

芳覺得這愛字對她來說有千斤重。

「你覺得與我同床共枕是不可能的事。」

芳把小盒子蓋好，放回他口袋。

她有點沮喪。

他當然不願長時間平白蹲她身邊浪費時間，她會失去這個得力朋友。

「這是我飛機出發的地點日期時間，你如果趕得及，我會很高興。」

他會很高興，那麼，她呢。

一個寡婦，如果不自愛，不替自己着想，會去到極其悲慘的地步。

那個約會，在三日之後的清晨。

芳找她的軍師商議。

程長最會開玩笑：「我等萍水相逢，泛泛之交，你都拿如此嚴肅問題考我們，太不公平。」

芳忿忿答：「取你首級！」

圓子說：「他們都擁有私人飛機，叫人羨慕。」

程長道：「我始終嚮往的，是一輛前來殷勤接送的紅色敞篷小跑車。」

「司機要高大英俊，披額長髮，會笑雙眼，筆挺鼻子，泳將身段，在研究院籌辦降落火星的飛行儀，當然，永遠抽得出時間陪伴女友。」

「每個少女心中曾經都有一輛紅色小跑車。」

程長答：「我比較實際，看看就好，找生活比較重要。」

「你嫌周先生什麼不妥。」

「我哪敢挑剔別人男伴。」

「你有禮貌，不說出而已。」

程長代答：「有點俗可是，西裝太挺，皮鞋太亮，手錶鑲鑽，頭髮不是每天洗，起碼可以減掉十五磅。」

芳還是不出聲。

周身上有淡淡煙味，由此可知，他私底下仍然吸煙，沒有全戒，也太不看重中年身軀，牙齒，不能洗甩脫煙漬。

「他人如一盤生意，最重要是盈虧，與他在一起，沒有話題。」

把周懷中批評到一文不值。

「奇怪，我們從前男友，還比不上老周一隻手掌，我們卻看不到紕漏。」

「因為此刻我們雌性荷爾蒙驟減，眼睛變得雪亮，一顆雀斑都看得一清二楚。」

「你渴望做回少女嗎？」

「坐着等人來哄騙？開玩笑。」

「你是決定拒絕周氏？」

要做好一個女伴，必須淨做女伴，放棄自我，單做一件附屬品，對方會一步步進逼，需索無窮，直至女方完全失去自我，然後，他們多數會說：「她不再是我起初喜愛的女子了。」

一些精光燦爛的女子，婚後洗盡鉛華，作出奉獻，哎呀，他看中的，就是那虛榮美麗的皮子，如今，你的賢淑同旁女的純良毫無分別，多大失望。

芳知道她會失約。

「我們知道你會失約。」

芳開香檳為誌。

程長說：「一看我們開啟香檳瓶子熟練手法，就知不是善男信女。」

開香檳木塞，應當沒有聲音，大大聲「卜」一下，冒出白泡，那是荷里活電影誤導。

今時今日，更加省事，汽酒小小瓶似可樂，用起子打開，加吸管，杯子都省下，味道不錯。

這個年頭，如此時勢，還紅色小跑車呢。

真放不下，自己到車廠選購。

周懷中飛機升空之際，芳已抵達辦公室準備面試新人。

老闆阿關給她白眼，「你會後悔，威海衛北國風光，另有奇景。」

「你要攆走我，出一封信不就做到。」

「我是為你着想。」

「關先生，我記得你有一輛名貴跑車，放在車房蒙塵，從來不開動，打開車門，還有新車皮氣，何故一個平時節約理智的人會做這種事？」

「當件藝術雕塑擺設，有何不可。」

「太奢侈了，同挑剔選擇男友一樣。」

「是呀，電池死脱，車行師傅來看，愁眉苦臉地說：『關先生，跑車，是要跑的呀。』」

新助手進來說：「面試新人到。」

先見女生。

都是上乘人才。

父母不知花多少心血栽培，小中大學都是名校，商科優才，相貌端正，衣着合時，態度可親。

方芳幾乎自慚形穢。

其中一個說：「我本來想讀純美術。」

芳微笑，明白。

「父母苦勸，只得放棄，可是直至今日，走進美術館，看到梵哥的星夜，仍然無比激動，啊，畫作與我，只有兩呎距離，愛因斯坦的相對論完全正確，時間忽然濃縮，我與畫家，直接對話。」

芳微笑，思想如此抽象浪漫，恐怕不易找到男朋友。

她向考生解釋，群眾公司是一間賺取佣金的庸俗中介公司。

另一位女生這樣說：「華人說的士農工商，把商排尾位，便是因為商人只把貨物推來推去轉售賺錢，十分取巧，並無實際貢獻，但是，市民能在北方吃到芒果，也是商人的功德呀。」

芳心想：這樣聰敏，男生會怕你，不過不要緊，她還年輕。

都很討人歡喜。

第二天，輪到那個師弟老百姓與最後一個女應徵生。

助手說：「那位蔣小姐不來了，她已得到政府工作。」

「明白。」

做得好，可升到司長級或更高，並且，現在已無色迷迷半醉白人上司想盡辦法撈年輕華女便宜。

「請老百姓進來吧。」

小老先生一走進會議室，眾女與他一照臉，心中便喝聲彩：這麼漂亮！芳微笑，「請坐，說一說你自己。」

他聲音比較低，不徐不疾自我介紹：「廿四歲，已讀到工商管理碩士，家裏做地產，我希望在外邊學習經驗。」

方芳何等明敏細心，十分鐘後，已知道大概，否則，如此人才，何勞他師姐推介。

相由心生，這是一件十分奇怪的事，無論當事人企圖隱瞞或盡量自然，總有若干蛛絲馬跡會得透露消息。

這叫老百姓的大男孩是什麼地方着跡，芳也說不上來，但她接收得到他的身份。

輪到應徵生發問：「關於群眾，有什麼事是我特別需要知道。」

芳這樣答：「做中介負責抵押很多時候吃力不討好，需要無比耐心，還有，這個部門管理部只得你一個男生。」

他微笑，「明白。」

「明天來上班吧。」

他驚喜，「我會努力學習。」

他到人事部去了。

推薦他的莫小姐開心，「謝謝你阿頭。」

「不客氣，他是個人才。」

莫姐感喟，「很多公司不這麼想，他進過兩間銀行，都半年後知難而退。」

「那些人沒有眼光。」

「阿頭，我就知道你有容人之量。」

「能抓老鼠的就是好貓，只是我沒想到，街外風氣仍然如此封建。」

「是一種不露痕跡，陰私刻薄的歧視。」

芳答：「如同對付寡婦身份一樣。」

「阿頭，再謝你一次，他不會叫你失望。」

「我不贊成過份坦白，私事，不必交代清楚。」

「我也一直如此勸阻。」

芳頷首。

「話說回來，人真漂亮可是。」

芳微笑，「一套老式西服尤其醒目，我怕那種褲管窄得坐不下的西裝褲。」

莫姐忽然說：「很可惜。」

芳如此陳辭：「怎麼可以這樣說呢，我生來千度近視，將來還添老花與白內障，可惜嗎，天生如此。」

「但還能矯正。」

「你人大心大，此刻與你說話沒意思，句句反駁。」

「你與老百姓聊天好了，他年輕。」

芳氣結，都遇風而長，明白事理，頭頭是道，人總得出來工作接觸社會才會學乖長聽明添智慧。

不過，太聰敏了，若干社會人士又嘖嘖聲，把上進女子當妖怪。

那兩名女性應徵生並無遭淘汰，公司別的部門用得上。

遲早，方芳這個位置也得騰空給新人。

秘書告訴她：「劉老太又來了，指明見你。」

芳掛上笑臉迎上，「劉太太，今日什麼風把你吹來，契約尚未到期。」

老太太咕噥：「我的新眼鏡沒配好，再三投訴，調整多次，仍然疊影。」

「可不是，我的近視眼鏡也如此。」

「方小姐，你陪我走一趟眼鏡公司。」

「這樣好不好，我呢，抱歉實在走不開，不過，新來的助手叫百姓，讓他陪你去好好訓斥眼鏡店行嗎？」

芳讓百姓進來。

老太太上下打量百姓，「好吧。」

百姓笑着揚起一角眼眉。

秘書輕輕在他耳邊說：「陪劉太太吃茶，她愛吃栗子蛋糕，半小時後我給你電話，叫你回轉開會。」

百姓立刻明白，「來，劉太，挽着我手臂。」

老太說：「叫我愛麗斯。」

她隨俊男夢遊仙境去了。

芳吁一口氣。

但是有人叫她：「方小姐。」

轉頭一看，先入目的是件豹紋毛大衣，那當然不是真貨，這上下哪裏去找真豹皮，方芳也從未見過真豹皮大衣，那些都是不道德的違禁品。

她立即招呼：「葉小姐，有何貴幹。」

葉小姐坐下，脫掉外套，露出雪白手臂，點燃香煙。

「葉小姐，整座大廈禁煙，我有尼古丁口香糖。」

她伸出十指尖尖黑色指甲取一塊放嘴裏咀嚼。

什麼樣身份作什麼樣打扮，鮮紅口唇清晰描出弓樣，豐滿艷麗，好看到極點。

芳靜待她開口。

「方小姐，給我再按一次。」

「啊，這是第三按啦。」

「沒法子，等錢用。」

「這次多少。」

「三百萬吧，很多人說，百萬數目已不算什麼。」

「葉小姐，再按下去，連利息，你的公寓很快會屬於群眾。」

「沒法子，銀行不願按，你們的利息好辣。」

「省些用可以嗎？」

「不行。」

「那一直問你要錢的人是誰，這人十分貪婪。」

「瞞不過你，方小姐。」

「本來，這些都不關群眾事，對於客戶借貸，本公司一是不批，二是批，我也不是多事之人，可是葉小姐，我特別關心你。」

「那人，他叫我開心。」

「你認為那是真心嗎？」

「方小姐，世間何處覓真心。」

這句話震撼，那麼美艷動人芳華猶存的女子說出如此灰心的話，可見感情世界真有點悲愴了。

她盡力而為：「葉小姐，你還有一條長路要走，毒品，千萬不要碰。」

她說：「哈哈哈。」

葉小姐站起告辭。

穿着極細高跟鞋的她一下子沒站穩，芳連忙扶牢她。

她輕輕說：「膝蓋軟弱，又一直節食減磅乏力，醫生囑換平跟鞋，可是，高跟鞋怎麼脫得下呢。」

她走了。

芳默默坐下。

她本人脫不下戒不掉的是獨立生活，儘管孤清，到底得來不易，一個人看書到天亮也是種樂趣，整月薪酬換香檳揹回家也是享受。

半晌才取過文件批簽。

老關推門進來，「芳，那葉姑娘又再押樓？」

「是。」

「你要當心，樓價正下滑，她已三按。」

「這種小事，您老不必多理。」

「做這一行，我們必須把憐憫心全部割除，否則會有殺身之禍。」

芳沒好氣，走到走廊找資料。

忽然聽到叮叮咚微弱音樂盒子樂聲。

誰，誰還有這種閒情。

她輕輕找到角落，只見老百姓手裏拿着火柴盒般大小盒子的把柄，輕輕搖動，音樂響起，側耳細聽，竟是「Love Me Tender」一曲，微細傳出：愛我溫柔，愛我真誠，不要讓我走……癡情泣訴：我愛我愛你，永遠如此……

芳怔住，忽然淚盈於睫。

身為女子，沒有誰不聽過這種謊言。

老百姓抬頭，看到上司，微笑：「對不起。」

芳定一定神，口吐真言，「苦中作樂是應該的，否則，如何活下去。」

他把音樂盒子遞上，「送給你。」

「還有其他曲子否。」

「還有玫瑰人生。」

那也是大話。

「可有月亮代表我的心與望春風。」

「我找過，沒有。」

芳收下禮物，「謝謝。」

放案頭，苦悶之際，搖幾下，聽一回，心思漂流，去到某個五月天，也就不再淒涼。

第二早，司機阿勝家裏有事，芳自己駕車。

在停車場又看到那年輕人的小跑車。

她看到電線駁到停車場插頭。

原來它是電跑。

這麼勁的車子用電，走得快嗎。

忽然有聲音自後邊傳過來，「試一試，不就知道了。」

是那個美少年。

她轉過頭，不發一言，走近自家笨車。

終於轉頭再看一看他那雙在暗地也會發亮雙目。

他也正看着她。

車子駛出街，才發覺水撥夾着一張紙，大大字樣寫着他的名字與電訊號碼，還有一張名片。

他叫沈助力，是大學一間機械人工動力實驗室副主任。

噫，少年出英雄，還真不是無所事事慘綠少年。

芳把名片與字條都收好。
以前，丈夫也是做這一科。
曾經做一具小小機械人鬧鐘，每朝用他的聲音大喊：「方芳親愛的請起床。」
不久之前，被鐘點女傭打爛。
女傭還笑嘻嘻說：「幸虧只是一隻玩具。」
芳氣得雙眼通紅幾乎想取過尖刀插她。
可是只轉念便跌坐沉默無言。
與丈夫真有那麼相愛嗎。
他笑問：「你可是希望有一套會做家務的男女機械公仔。」
「不，是一隻會教我跳探戈的機械人。」
「一般女子，只希望機械人會吸塵洗碗。」
芳氣結。

怎麼會嫁給這樣一個人。

如果不是他如此驟然離去，可能也已經分手。

現在，只得與他靈魂終身廝守。

程長說：「算了。」

「什麼算了。」

程長答：「那個叫周懷中的人。」

圓子說：「只有你才記得他名字，我老記錯是周懷文，為什麼算了？」

「比芳大差不多二十年，今日看着還算相配，過一陣子，他便顯老，四肢不思勞動，心靈疲怠，只有看到美少女才會抬眼，否則，坐沙發，沒三兩句話就扯起鼻鼾，走路要用腰封，不是想束肚子，而是提背脊，外頭不知道的還以為他正當盛年……算了。」

「……看到報上什麼強體健身藥物立刻四處尋覓，有能力的話差些沒找童男童女泛舟往仙島尋長生不老之藥，真是算了。」

「那麼些年，他們學會賺錢之道，還有，就是怎麼好好愛惜自身，無論何事何物何人，均是陪襯品。」

「我都還想找個不太失禮有點聰明的人陪襯呢，算了。」

這次可稱「算了會議」。

過不久，老周送一封信到群眾辦公室。

親手撰寫，字樣相當壯大，一如其人。

大意是：芳你的住所實在太過狹窄，不宜居，我替你準備了一所地點與面積均不錯寓所，附上地址與門匙，有空去看一看可還適合，不是贈品，每月需付房租若干——

那若干只是市價十分一左右。

芳找到周的地址，原封不動把門匙快郵退還，一個字也沒有。

人家要出價買你，賣，不必說什麼，不賣，更不必多言。

老關又看不過眼，「要得到你，到底該怎麼做。」

芳訝異，「我不值一文，誰會想得到我。」

「那麼，好好在群眾做下去。」

「有位戚太太，問可有滾圓像薄荷糖那樣綠得清脆透明的翡翠珠項鏈。」

「群眾一向不做珠寶典押，還有，那位太太是姓戚呢還是排第七。」

「群眾一向不理這種問題。」

「可要改變宗旨？」

「做生意總得逐漸變通才是。」

「那麼，你替戚太太打探便是。」

「有幾幅斷當國畫，你同拍賣部商量一下，可需脫手，高價機會不常有。」

老關點頭。

助手問：「有什麼好畫讓我一開眼界。」

芳這樣回答：「宋徽宗的鷹，唐伯虎的美女，全是好畫，你要看哪一幅。」

助手哈哈笑，「真的還是假的？」

「我們所存，當然全經真確鑑定，金漆招牌。」

這時，她們聽見有人在外間罵人摔電話。

「什麼事。」

「關先生的私人秘書陳小姐，老是這樣：平時圓通包容，一牽涉到家人，便拍枱拍櫈，她的母親、嫂子、大姐、弟婦，一見她擱下衣物與首飾，便順手牽羊，也不表白，害她四處亂找，今日，又不見一雙鞋，明明尺寸不合，也先穿走，她遍尋不獲，問她兄弟，誰知他幫理不幫親：『你有那麼多！』」

芳聽着不由得吁氣，「叫她搬出住。」

「已經在計劃中。」

「為什麼一些人總喜不問自取。」

「因為他們覺得沒有什麼不對。」

「如何應付。」

「避之則吉，切忌論理。」

「一味死忍。」

「不然，你教我，還有什麼辦法，怎樣報仇：巴黎騷亂，民眾把全世界最美麗的城市毀容，旁人看着都心痛，他們只覺痛快，如何解釋，又有人把一塊石頭扔向米開蘭基羅聖殤像聖母面孔，擲爛鼻子，又是為何，非把世上最美麗事物毀掉才算洩憤；他不能創造，但有力毀壞，真是恐怖分子，這叫拼着一身剮，敢把皇帝拉下馬。」

助手明瞭芳的弦外之音。

「說些高興的事，最近，有什麼喜悅。」

「幾時加薪水？」

金錢，還是有金錢的好處。

助手忽然說：「我的後母上月去世。」

那怎麼好算喜悅的事。

「她入我家門時帶着十歲女兒，我八歲，她每年都想看着我如何出醜，相貌不好，手腳不利落，功課平平，那雙冷眼一直盯着轉來轉去，一直到我離開冰冷的家，她仍然遙遠監視：我怎樣丟掉男友，如何頻頻轉工……」

芳不得不調侃她：「你真好記性。」

那些事，還記來作甚。

「你知道什麼，寒天飲凍水。」

「她親生女兒如何。」

「不怎麼樣，一日在路邊遇到，就像平凡家庭主婦，抱着孩子等街車，我剛好在公司車上，請阿勝送她一程。」

芳拍拍她肩膀。

「阿頭，你可有受過類此氣。」

「你有六小時否，我慢慢說你聽。」

「收工往三品脫喝一杯。」

「那是你們去的地方。」

「別的女士愛扮年輕，你卻愛裝老。」

老闆走入，「芳，寶珠龍公司派人來看他們廠的一隻古董錶。」

「那隻錶尚未到期。」

「寶廠打算隆重舉辦百年壽展，努力回購名下罕見鐘錶，對群眾手中的奕親王錶甚感興趣。」

芳沉默，一定是派她招呼那代表。

她答：「本星期我忘記如何說英語。」

「你會講法文，湊搭一下。」

「讓小的們見識一下。」

「群眾從來不怠客，你帶她們學習便可。」

芳決定帶老百姓。

「你這個學徒，可受歡迎呢，叫我遺憾家母沒給我一副好相貌。」

不是那回事，老闆誤會。

莫小姐忙說：「我也要參與，你不能偏心。」

芳只得說：「好，你也來。」

寶廠代表不是外國人，華裔，名片上大大中文宋體字：寶珠龍鐘錶部鑑定員王祺。

斯文爾雅四字加他身上再適宜不過，渾身上下都是書卷氣，卻又不拒人千里，到底還是生意人。

在會議室坐下，芳是莊家，介紹兩位助手。

百姓與客人四目交投，忽然靦腆，默不作聲。

芳立刻明白。

他們彼此都有特殊觸覺，即時知道對方身份。

助手出去取來那隻名貴打簧袋錶，她戴上白手套，取出錶展示。

王祺即時沉默嚴肅，他也戴上白手套，接過錶，練熟打開第二層，檢查裏邊雕刻字樣，再打開第三層，觀察機械，撥動機括，着其打簧，轉過錶底，只見一個小小機械童子人走出，揮動雙手作打鑼狀，發出叮叮聲響，煞是可愛有趣，匠人不知用盡多少心思。

方芳對這類玩意毫無興趣，那些都是玩物喪志的象徵。

錶面是琺瑯描繪栩栩如生的桃子與石榴等水果，寓意桃之夭夭與多子多孫。

王祺輕輕說：「相信貴行也知道，本來這類鐘錶也相當普遍。」

方芳答：「我對該類玩意所知不多。」

「但是這一隻，由寶氏祖先親手送贈，祝賀當時得寵的奕親王十五歲生辰。」

芳微微點頭。

「請問群眾行從何處得着。」

「它比我還早到群眾行，我不清楚歷史，王先生想必知道，有一組人，叫八國聯軍，一年，進入宮殿，予取予攜，文物在西方各大博物館東方館可見，並不稀罕。」

「我們想回購。」

「還未到期呢。」

「請方小姐代為洽商。」

「對方可能漫天索價。」

「已有心理準備。」

芳說：「百姓，你代為洽商此事。」

王祺忽然說：「我知道某商會餐館有極佳普洱。」

芳回答：「你們去吧。」

保險庫職員進房收回那隻袋錶。

這時，老闆出來寒暄幾句。

王祺說：「群眾規模雖然不大，有寶則靈。」

好話人人愛聽，老闆咧開嘴，「略有幾件啦。」

百姓輕輕與芳說：「阿頭，我也不去。」

芳輕輕吁口氣，「別放棄機會啊。」

「什麼都瞞不過你法眼。」

君子，成人之美。

臨下班時分，助手來報：「我們糊塗，律師知會，錶主已經逝世，無後人，所有財產捐贈給宣明會，我們押票上書明，在此類情況下，袋錶全歸群眾，闆老闆又發一注。」

「你看，真是身外物。」

「這類情況見得多，真叫人看化：無謂過份追求物質。」

百姓回轉，助手轉告事實。

他高興，「那麼，我有好消息知會王先生了。」

芳把他叫近說話。

「與王先生談話頗有裨益？」

「四十分鐘茶敘，似上一堂 master class，真是天外有天，人上有人，其人年紀不大，對專業認識之淵博，叫人衷心佩服。」

芳看着他，「王先生沒有企圖挖角吧。」

百姓臉紅，「他讓我保持聯絡。」

芳微笑，「無論是誰，結交朋友，總得小心，不要孟浪，不要嬉戲，你說是不是。」

「我知道。」

「以後，關係發酸，也切忌怨言。」

「多謝阿頭指教。」

「你長得敏感聰明，又得份外當心。」

他低聲說：「哪有阿頭說得那麼好。」

芳感喟：「你看我，才添幾歲，就多事嘮叨，倚老賣老。」

「不會不會，我都聽進耳朵，自在外讀書以後，搬出住，事忙與家人少來往，許久沒聽到忠告。」

芳輕輕問：「令尊不高興吧。」

「他已把我逐出家門，說這輩子不要看到我。」

芳不由得生氣，這是什麼話。

助手在外邊叫：「百姓，好做會議紀錄啦。」

聲線、姿勢，均像一個小小晚娘，聰明的她，竟不知這叫三分顏色上大紅。

日子越發寂寥。

圓子與程長說：「其實也有一大堆同事友人陪着她。」

「不一樣的，到五六十歲時更慘。」

「屆時芳已該再婚了吧。」

「盼是那樣盼望啦，但是你看芳吊兒郎當全不在意心思，要起勁點傳達正能量嘛。」

「怎麼樣做，請指點一二，是否燙鬈髮搽紅嘴翹高跟散發最後之芬芳，抑或在網上廣泛宣揚自傳，最要緊列明現款與不動產數目。」

「他媽的人生真渺茫。」

「你可有朝這方向努力。」

「有緣千里來相會。」

「如此消極。」

圓子說：「離婚，不是想製造機會尋找更好的人，而是要脫離一個壞人。」

「市面上與我們差不多年紀的女子——」

「她們強裝，實則上迅雷不及掩耳，已經老大，死撐，扮不在乎，我們三人因自學校出來第一日便咬緊牙關拼勁，勞碌至今，算做有份牢靠職業傍身。」

「說得我快要哭。」

一日，圓子幫一老太太過馬路，小心翼翼扶着一步步走，斑馬線綠燈只得五秒鐘，成行車子等她們緩緩走過。

程長讚圓子：「好孝道，將來也有好心女陪你過馬路。」

誰知圓子微笑，「我不是為自己，我是為女兒，將來我女老卻，希望也有年輕人送她過馬路。」

想到流光如此歹毒，她們不禁黯然。

歲晚，群眾發出年終獎金通知。

俗稱分紅，攤分紅利，多有意思。

芳循例存起。

往年，她會拿一小筆到夫家讓他們分發，到今年，再如此做，真顯得

虛偽。

一點感情與聯繫都沒有了。

過年也只得一個冷字。

氣候變動，據說一年比一年暖化，但芳覺得一年比一年冷。

鐘點女傭問：「做些什麼過年菜。」

她所知有限，但相當努力。

「做個筍烤紅燒肉吧，可以吃好幾天。」

「去年做了，才吃一塊。」

「那麼，紅燒肉燜油豆腐加黑木耳。」

女傭應一聲。

下午，看見她起勁學做紅酒牛尾燜洋薯。

同事們或籌備一家旅行，或預定年夜飯，十分熱鬧。

年年難過年年過。

百姓走近，「阿頭，有事與你商量。」

「喲，我並非諸葛亮。」

「王先生邀我到紐約過年。」

「去，去！」芳揮手，「恨只恨沒有邀我。」

百姓微笑，「可是，冬至那一頓，我尚未有着落。」

「回家。」

「沒人聽我電話。」

「那麼，到我家來。」

「得令。」

助手說：「百姓是想你為他家長作斡旋。」

「我怎麼好管這種閒事。」

「也許一句話可使他們和解。」

芳搖頭，「人家幾十年的糾結，我不瞭解，不可輕舉妄動。」

「阿頭究竟理智自愛。」

「我不自愛，誰來愛我。」

「倘若是你的兒子，你會怎麼辦。」

芳抬眼微笑。

「我真多餘，你當然會如常愛他，只有更加體貼。」

不愧是機靈女。

冬至要做冬，這是一年中日照最短一天，女傭早退返家。

圓子與程長帶來果籃糖果甜點，約好在芳宅共晉晚餐。

老百姓也準時到達，他抱着年花。

芳的兩名好友看到漂亮靦腆的百姓，怔住，接着面面相覷，這是誰，難道是芳的新朋友。

芳大方介紹：「我公司助手。」

又說：「這位阿姨是新聞評論高手，非一般文字撰寫，那一位是大學——」

程長說：「好了好了，家中便飯，熟不拘禮，當我們是阿姆好了。」

「我不是阿姆，你才是。」

芳笑着端出菜餚。

百姓好奇，「兩位也無家可歸？」

芳說：「只得百姓有家不歸。」

百姓不出聲。

芳剝一隻大蝦給他，「祝你凡事彎彎順。」

這時眼利的圓子也看出苗頭，放下心來，她實在不願看到方芳結識後生男友，還有什麼是少女時代還沒有探索過的呢，無數失敗例子簡直可以寫成數本論文。

芳取出香檳，對百姓說：「你別喝，你一會負責送兩位嬸嬸。」

他們天南地北聊天，漸漸熟稔，如此，彼此又度過一個寂寞節日。

芳蜷縮沙發，電毯子裹身，暖烘烘，但願常臥不願醒。

一搭沒一搭聽人客聊紐約好去處：「去看音樂劇」，「不是我那杯茶」，「我是一下飛機放下行李便到MOMA的蓮花池廳呆住一小時」，「那裏還有畢加索的阿維農女郎」，「到天使島看當年華裔移民的轉運站」……

芳想：十人大轎也抬我不動。

——你是越發嬌慵了。

誰？誰如此批評我，我不過是疲乏。

芳淚盈於睫，是你嗎，你來探我。

看到你振作，我也歡喜。

哪裏算得上高興，皮管皮，肉管肉，分別運作，有時自己也看不過眼，這樣責備自己：喂，無病無痛，有吃有穿，興奮一點，活着總要有活着的樣子。

已經做得不錯，再接再厲。

哈！芳的眼淚終於落下。

朦朧中聽見程長那為人師表的聲音：「我倆陪你壯膽回家探親，這裏有現成的花果糖，你按鈴，他們若不把你罵走，你便進去敘舊，我們自己回家。」

百姓不知恁地已與她們交心。

「可要叫醒阿芳。」

「讓她睡覺。」

芳想叫：不可造次！

但是力不從心，手足動不了。

耳朵聽見他們三人開門出去。

她在心中輕輕說：真傷心。

第二天醒轉，嘩，杯盤狼藉，雖無潔癖，也整理半日，洗淨盆碗。

她依稀記得昨夜之事。

百姓終於在諸嬸嬸鼓勵下回家。

不知結局如何，也不可能更壞，最多重新恢復冷戰。

電話響，芳連忙接聽，有消息。

卻是助手，「阿頭，我剛接到消息，阿桂姐小產進了醫院，昨夜不知怎地，好好的提早休息，忽然見紅，胎兒不保。」

方芳渾身顫抖，「是我們害的。」

「我也內疚，我與你去看看她。」

「黃鼠狼給雞拜年。」

「阿勝接送我們，我去買些補品，順道接你。」

一看，桌上還有昨夜剩下花果，也一併帶去。

去到醫院，芳二話不說，先給一個紅包。

那「英女皇不也生了四個」丈夫默默無言坐一旁。

桂姐握住方芳手，也不作聲。

助手正在剝橘子，忽然住手，老套地說：「還年輕，大把機會。」
也只能這麼說。
但這一組細胞有異於下一個胚胎，成長之後，是完全不同的兩個人類嬰兒。
芳坐一會兒告辭。
助手上車時掩着面孔。
不發一言回到公司。
不知怎地，警鐘有點毛病，助手喃喃咒罵，叫工程研究原委，她又活轉。
百姓迎上，「阿頭，說些私事。」
「昨夜如何？」
「謝謝你，阿頭，我出門遇貴人。」
「什麼事，詳細報告。」
他與兩個半醉阿嬸去到家門，按鈴。

來開門的正是老太太，一看到兒子，眼淚汩汩淌下，「回家了，百姓，回家了，大家來看，百姓回家。」像聖經裏浪子回頭待遇。

他的妹妹布衣奔出，父親站一角，看到陌生女客，手足無措。

程長與圓子把百姓推入屋，把各式禮物丟入，關上門，在門外等情況發展。

不到一分鐘便聽見哭聲震天。

「好了，好了，可以走啦，我們去喝上一杯。」

阿勝不肯送她們，硬是載伊們回家。

百姓說到這裏，雙眼又紅。

「過了這幾年，他們也想通。」

「你得好好謝那兩個十三點嬸嬸。」

「最多是姐姐啦，別叫老她們。」

生活中發生的事，總算有悲有喜。

「阿頭，你面色不大好。」

助手喊：「阿頭，請準備算上上月數目。」

「百姓，你也跟着一起。」

所謂點算，即數錢。

世上沒有更加庸俗的事。

助手在右手拇指與食指上戴上小小橡皮套子，飛快撥動成疊舊鈔新鈔，手勢之純熟輕盈，幾乎舉世無雙，正是熟能生巧。

數完之後，再讓數鈔機過一遍，核準無誤，放入紙盒，稍後送入銀行。

她微笑說：「數鈔票，真愉快。」

百姓不知如何回答。

「可有想過佔為己有。」

「那倒沒有，我不會貪圖不屬我的東西，我只戀戀我勞苦所得之財。」

「說得好！」

百姓終於忍不住，「今日女子均如此精明，大抵都發達興旺。」

助手代答：「只希望將來三餐一宿有着落。」

「說得有些荒涼。」

「嘿，生命本來淒清。」

「數完錢，洗乾淨手，去酒館喝上千杯。」

百姓駭笑。

助手打趣他，「是否女性就不配豪爽快意，叫你吃驚。」

芳忙着告訴百姓存款程序：「銀行如今看到大筆款項轉來轉出去十分警惕。」

「可是詳細查視。」

「我們小公司，有限數，他們追索的是億元以上交易。」

百姓看着桌面成疊現鈔，不出聲，感覺如不正當組織盤算利潤。

助手小心洗淨雙手，用消毒肥皂仔細洗兩遍，沖淨，抹乾。

正是，現鈔是世上最骯髒之物，據警方說，每張美鈔上都沾有毒品粉末，更不要說其他細菌，小心為上。

芳找鎖匙交會計部。

還用鎖匙的原因是三千里路外都可以套出任何密碼，倒不如用實物安全。

百姓究竟年輕，忽然問：「為何人們把金錢看得那麼重。」

助手不假思索，「因為衣食住行、自尊、親情、友誼，全靠它了。」

「我知道父母這次接受我，不是為着金錢。」

「百姓，你是少數幸運者，以後，你更加要做得國泰民安，不叫父母難堪。」

方芳微笑。

那笑容漸漸擴大。

少年們，最憎恨成年人向錢看，可是當大人塞零用給他們，卻又笑逐顏開，還有，他們討厭有錢人，直至他們也富有，然後，開始討厭窮人。

實在太過糾纏。

百姓告假往紐約。

連助手都叮囑他：「師弟，小心，不要寄望太高。」

「需要帶些什麼回來嗎？」

咄，有什麼是本都會欠缺的。

「藍天白雲。」

「那個，紐約也沒有。」

擁有如此可愛同事，方芳的心，仍然孤苦。

同事們在酒館喝至面紅耳赤。

芳忽然站起，「我還有點事，你們慢慢喝。」

「請阿頭先付賬。」

芳微笑答允，「明白。」

她披上大衣，到附近銀行提款機提一大疊現金。

然後，讓司機阿勝載她回娘家。

交通擠塞，不知兜多久才走到附近，可是，芳不記得是哪一座哪一號，靠某些地標才認清楚，阿勝不放心，「方小姐，我陪你上樓。」

走廊異常黑暗，她認清門牌按鈴。

是母親啟門，臃腫身段不變，默默讓女兒進門。

芳叫一聲媽，她沒應，看到父親坐一角，沒開燈，面孔在暗處沒有表情。

父這樣說：「你有的話就拿出來。」

芳連忙把大疊現鈔放桌子。

她咳嗽一聲，正想問候，忽然有人推她，「芳，芳，怎麼盹着，當心着涼。」

是助手叫她。

一睜眼，原來是一場噩夢，所有同她家人有關的，都是噩夢。

另外有人脫下外套輕輕蓋在她身上。

出醜了，才喝兩杯，竟在大庭廣眾之間瞌睡，太失禮，她掙扎坐起，噫，是百姓，他怎麼忽然回轉？

這時，有陌生人嬉皮笑臉趨近，「別遮別遮，美人春睡，春光乍洩，我等欣賞還來不及。」

好一個無禮的猥瑣漢！芳還來不及反應，她的助手已經取起一杯水朝那人潑過去。

那人怒吼，舉起拳頭，百姓頭一個擋在芳面前，舉臂大力一推，那人根本已經七分醉，踉蹌後退，倒地不起。

百姓吩咐：「快帶阿頭離去，這裏有我。」

助手扶着方芳從後門離去。

方芳着急：「快報警。」

「不怕，是我們地頭。」

說話口氣，現在都似黑社會。

結果場內眾人自我調解。

酒吧老闆大聲懇求諸位「爺叔」克制。

終於，那莽漢願意朝方芳鞠躬道歉。

他嚅嚅說：「實在是好看嘛，對不起。」

方芳已累得說不出話。

是她失態在先。

百姓扶她回家。

真遺憾，以後再也不敢再去三品脫。

返到公寓，芳只有出的氣無進的氣。

助手做一壺薑茶，三人都緩緩喝一杯。

她說：「百姓，平時你文質彬彬，剛才卻英勇護花。」

百姓又恢復靦腆。

助手嘆息，伸手摸百姓面頰，「這樣一個十全十美男子，可惜取向不同。」

芳瞪她一眼，「你好走了。」

但是百姓還在磨蹭。

「你有話要說，為什麼度假又忽然回轉，說吧。」

「因為我想親口同你辭工。」

芳不由得生氣，「才上工三個月就要走，你把同事的姓名記清楚沒有，年輕人最忌沒長性，這裏三個月，那裏半年，統共不成履歷，一下子十年八載過去，一點成績也無！」

百姓不出聲。

「在紐約發生什麼事？」

「王先生與我都想結婚。」

芳倒抽一口冷氣，「你們認識才多久，十天、八天？」

「阿頭，你也曾經有相見恨晚的感覺吧。」

「我從來不曾有過章回體鴛鴦蝴蝶派情操，百姓，結婚這件事，無論性別年齡，都得考慮清楚，他年紀比你大，我怕他會叫你傷心。」

「阿頭口氣似一個母親。」

「再待一年如何。」

「當年依利沙伯公主要嫁菲臘王子，父母也叫她冷靜一年，結果還不是百子千孫。」

百姓知道這種古老歷史，一定是王氏轉告。

「你打算幾時知會父母親大人，三十年後？」

百姓苦笑，「好主意。」

「不提也罷，父母不過想子女好好過日子，你生活若平靜喜樂，他們或會接受。」

百姓不出聲。

芳握住他的手，「再做三個月，我與上司好有個交代。」

「那麼，我只好不告而別了。」

「真是自私。」

「阿頭，我渴望結婚。」

「儀式與兩個人長期相處是兩回事。」

「我們都希祈得到公眾認同。」

芳鐵青面孔，「每日都是你我獨自辛苦捱過，在艱難時刻，誰會給你一杯水一粒糖，你管公眾意見幹什麼，待你死了，自然悼文如潮，花圈滿街，這種道理你都不懂，你還犯險結婚？」

「阿頭，你比我想像中更加憤世嫉俗，你只看到黑暗。」

「百姓，你今夜就可以走，是我錯在不該鼓勵你鼓起勇氣走出，今夜太長，我想休息。」

不是自家子弟，可以即時趕走。

百姓深深親吻芳雙手，離去。

她嘆氣，也許，毋須那麼悲觀，可能，看到彩虹。

她淋一個極燙的蓮蓬浴，用一塊粗海綿，用力擦掉四肢污垢，皮膚變得粉紅，用大毛巾裹着，倒在沙發。

已經是第二天了，昨日報紙還未讀。

圓子已帶着兩個師弟飛往溫哥華做一件大新聞，一向頗為沉睡的美景城市忽然發生大事，以圓子性格，非親身走一趟不可。

今日圓子脊椎耐勞程度並非十年前可比，生育過的她尤其吃虧，但她會笑笑說：「沒有什麼勞苦不是兩顆止痛藥可以安慰。」

方芳同意，她服兩顆靈丹，想回房再補一覺，但是雙膝發軟，只得坐下。

她閉目養一回神。

忽然發覺膝頭癢癢，誰，誰的手摸她？

屋裏明明只得一人。

她睜開雙眼。

只見一個小小歲許孩童站她面前，仰起胖頭，一雙眼睛雪亮，看牢她微笑。

「唷，你是哪家的孩兒，怎麼會在這裏出現，你的媽媽呢？」

小孩笑嘻嘻，還不會說話，臉容極之可愛。

方芳在電光石火間明白過來。

她流淚滿面，伸手捉住小小肩膀，「你，你是——」

這時，電話鈴驟然響起。

芳分神，驀然醒轉。

天邊已魚肚白。

那幼兒呢，她站起尋找，公寓能有多大，一目了然，哪裏還有影蹤，芳發獃。

這時，門鈴也嘩嘩響起。

她定定神，抹抹臉上淚水，開門。

助手看到她才鬆口氣，「百姓已走？」

「早就離去，他要辭職，苦勸不聽，堅持要到紐約與那個王先生結婚。」

助手掩住嘴。

「他受壓抑日子太久，力爭自由，我只好祝他幸運。」

「任何感情上，沒有幸運的人，百姓此去必定歷劫，他如此敏感，真叫人擔心。」

「但是，誰能保護他一輩子，我們也都如此艱難長大；感情與工作路充滿荊棘，九死一生，大人何嘗同情過我們，只當我們作怪，總算熬過來，我再不會留戀青春無知任社會魚肉時期。」

「聽你說的。」

助手揮手，「除出哭，還是哭。」

「好了好了，上班時間到啦。」

出門之前，芳的目光搜索公寓，當然沒有再看到那幼兒，她垂頭。

不見百姓。

人事部主管找到方芳訴苦：「試用期還沒有過，就辭職走了，他不適應貴部門？我挺喜歡他，有陽光感覺，笑起來一臉明媚，可惜，留不住他。」

「他幾時走？」

「今天，像有猛虎趕他。」

方芳不出聲。

「方小姐，你臉色不妥，病向淺中醫，你去檢查一下，我找人陪你。」

芳取出小鏡子一照，不由得自言自語：一朝春盡紅顏老，可是正如助手所說，你讓她回到少女時期，她又不願，現在，至少有雙看得清事物亮眼，有一個懂得分析世情腦袋。

少一個人，做得頭暈。

芳請求擅燉補品的同事做牛肉湯之類，半個月後，喝得流鼻血長疱瘡。

為什麼客人突然倍增，為何都急急套現？

報上消息：英主婦開始儲藏半年糧食，怕是有孩子的人家吧，怕他們吃苦。

圓子在英國探訪孩子，與芳通消息：「本世紀最恐怖分手案」，她指脫歐，「我不想讀二手新聞，寫三手新聞，我正在找比較接近源頭的消息人士指點一二。」

「溫哥華那單大案呢，新聞片段只見法庭外圍滿記者。」

「我已向上司請辭報道該案，已經炒作至風聲鶴唳。」

「你一向有獨到眼光。」

她分開話題，「我看準法國會有人要落台。」

「幾時回家。」

「世事令我迷惘，為何不能四海一家，和平共存。」
芳訕笑她。
「女兒有無男友。」
「有，週末同往旅遊。」
「身為老媽可有忠告。」
「父母所有忠告，幾乎都為着阻止他們尋歡作樂，我不想那樣做。」
「她已中生命頭獎。」
「希望她有自律精神，不要酗酒服藥。你呢，阿芳，可有向前走。」
芳不作聲。
「寡婦身份，有何可戀。」
「圓子，我做夢看到嬰靈。」
輪到圓子沉默，「胡說什麼，我後天即返，等我回來。」
「真的，圓子，小小胖臉，可愛無比，仰頭看我——」

「芳！」

芳哽咽。

「你我均知識分子，頭腦清晰，選擇明確，不可胡亂留戀迷離境界，下班找些娛樂，去，學跳舞，或是練好蝶泳，有人叫我，我還有事。」

芳放下電話，抱住雙臂，強迫自己鎮定。

她早一點離開公司，走到附近血庫站。

她是常客，掏出證件，順利登記。

一個年輕母親帶着小小孩兒走入。

她揚聲：「我女兒安妮今年五歲，因病患需要大量輸血，靠各位善心人士幫助得以存活，因不知捐贈者姓名，故此探訪每個站頭道謝。」

在場者一聽，連忙鼓掌。

那女孩走近方芳，「謝謝你。」

方芳微笑，「不客氣。」

眾人議論紛紛，更加起勁。

一位志工老先生走近給她熱可可與餅乾，「美女，為何流淚。」

芳連忙用手抹去淚水，掛上笑容。

「年輕、貌美，不愁找不到陽光。」他眏眏眼。

「是，是。」

芳穿回外套。

她一個人逛街。

丈夫剛去世她也這樣無目的滿街走。

路過毛線店看到一群太太小姐正學編織，她隔着玻璃門呆視，店主把她叫進。

「你是初學吧，會不會起針收針？」

她輕輕答：「呵，會平針、上下針、打格子，還有，鎖鈕門。」都是初中學會。

「很好，那算中級班，你先參觀再決定，打毛線可以鎮定緊張情緒，織成品往往給予一種滿足感。」

她買了一大堆毛線。

原來，毛線以一磅磅重量計算價目。

毛線在何處，在床底一隻箱子內吧，連好幾副織針，從來沒碰過。

芳詘笑自己。

添一張搖椅，養一隻貓，叫傭人準備下午茶，她一邊打毛線一邊與貓話家常……然後一抬頭，發覺整頭頭髮，朝如青絲暮似雪。

她站斑馬線上往前走，忽然覺得方向不對，轉身往後退，又不是，如此來回來回三數次，路人如過江之鯽，誰也沒留意她失常行為。

這時有孩子叫「媽媽」，她一震，原來是一個時髦年輕母親一手抱幼兒另一手挽沉重公事包，面不改容，忽忽隨人潮過馬路，孩子伸手指向閃爍交通燈叫媽媽也看。

她們這一代真的練成神功，一心可以數用。

芳不覺又來到馬路這一邊。

她無助用電話找阿勝，司機叫她稍等，三分鐘趕到。

那樣，才安全抵家。

女傭開門，芳看到玄關兩件行李。

女傭說：「圓小姐來了，在淋浴呢。」

神出鬼沒，東西南北那樣跑。

她穿着浴袍出來，「打擾。」

傭人給她一碗雞湯，她大口喝下。

「你怎麼驀然回轉。」

「程長呢？」

「在東京開會。」

「芳，我辭職了。」

芳打翻咖啡。

「你聽我說，這些年我一向一半家庭一半工作那樣過活，兩邊不討好，還自詡照應得體，其實在混日子，這次出門，看到真實世界，發覺已有五十四名查探新聞報道工作人員因公捐軀，鬥爭已達肉搏階段，今非昔比，並非坐辦公廳在互聯網找幾段消息可以成文。」

方芳發愣。

「我這次在溫哥華機場遇見到當事人。」

方芳站立。

「開頭我也以為鴻鵠已至，興奮莫名，十五分鐘之後，發覺事態險峻，真正是一宗牽涉多地國際大新聞，以平鋪直敘文筆寫出已驚心動魄，芳，我可以一舉成名。」

她緊緊握住方芳雙手，忽然激動，嘔吐大作。

「圓子，圓子。」

「芳，我沒有那種膽識，我站起道歉告辭。」

芳嘆口氣。

「我不是那塊材料，故此，立刻回程辭職。」

女傭趕來收拾。

圓子感懷身世，「沒出息的我活該昏庸到老，我不是人才，我自己先倒下，經不起挑戰考驗。」

「不怕，物以類聚，有我陪你。」

「芳，那麼好的機會。」

「你報館老總，未必願意刊登驚天報告，圓子，我們看牢自己後花園，已是功德。」

「這次抉擇，往後我一定後悔。」

「我知道，不論如何選擇，一定是錯誤，假使我把孩子生下，今日他已學步，不久會牙牙學語。」

這兩句話一下子刺激圓子痛苦，她緊抱方芳流淚。

傭人有點驚訝，平時英明神武，路過都有陣風的女士們，今日竟哭成一團。

芳緩緩靜下，還挺滑稽，「好好休息，留前鬥後，將來所有後悔，需要力氣。」

圓子走到臥室，老實不客氣倒床上，頭蒙被褥，逃避現實。

她的電話響，芳代聽：是那不知天高地厚的女兒，「媽媽，我收不到你的支票，我過節與過年均無着落，還有明年二月學費，你速速給我電匯。」

芳不由得回到荒謬的現實世界，她回答：「太上老君急急如律令。」

「你是誰？」

「我是芳姨。」

「芳姨，太好了，你還欠我禮物呢。」

「完全明白。」

對方笑着掛線。

芳吩咐助手速速匯款。

助手說：「這孩子——」

「喂，各人修來各人福，各有前因莫羨人。」

「我怎麼沒有這樣的媽與這樣的姨。」

這一邊，精疲力盡的圓子終於睡着。

芳靠在床角休息。

紅色敞篷小跑車在什麼地方，坐上去，關上門，不必管司機是何人，讓他駛往永太地。

芳自覺已經活得不耐煩。

門鈴一響，原來程長拎着行李進門。

小公寓能有多大，擠得水洩不通。

「圓子急召，我翹課趕回，反正會議中全無俊男，滿室全禿或半禿腦袋，噫，芳，你多久沒沖身，你有氣味。」

芳抗辯：「人類是靈長類動物，當然有氣味，自以為進化，把本身氣息洗得一絲不剩，另加香氛，吸引異性，本末倒置。」

「圓說你心情欠佳，看樣子並無大不了，一般能言善道，沒事。」

「圓要找你這種學究分析她的抉擇。」

芳長嘆。

「衣食住行皆不缺，要有感恩之心，長嗟短嘆，天地不容。」

隨後，她倆關在房內喁喁細語，討論大事。

女傭已下班，芳親自下廚，用剩下雞湯做出一鍋漿糊似煨麵，她不擅廚藝。

上次她們三人開會，是因為方芳不想留下胎兒。

事關一條性命，程長不願參與意見。

「是一組細胞，」圓子緩緩說：「醫學上稱 zygote，連 embryo 都不是。」

兩人不再發言。

到頭來，是事主孤身上路。

寡婦已經足夠，還添一個孤兒幹什麼。

芳毅然作出決定。

文明的醫生更是不多一句話，以母體為重。

這次討論，與生命無關，應當順利解決。

芳勺起煨麵，吃一點。

稍後圓子也出來，嚷肚餓，一邊叫難吃一邊吃。

圓子拱拳，「告辭。」

她似卸卻千斤重擔，問題已經解決，做不來的事拒絕做。

芳問：「你怎麼說。」

「她已有決定。」

「你不覺可惜。」

「代價巨大，同你上次決定一樣，無甚可惜。」

「圓會因獨家披露內幕消息出名，但是具名氣是何等辛苦一件事，從此不能安靜生活。」

「你呢，你躲在大學，日子還愉快？最近很少聽到你說自己。」

程長先是不語，再說：「乏善足陳，如獲諾獎，一定會在報上得悉。」

「感情生活呢。」

「如此私隱，不宜公佈。」

歲月過去，回頭當初，最錯愕的是年輕時，竟說得那麼多，講得那麼響，粗率、魯莽、愚昧，向人落下話柄給別人當笑話：「喂，說來聽，說來聽，你們昨日聚會，講過什麼事什麼人。」

豈有豪情似舊時。

風勁，上班幾乎在海旁道吹落碼頭，助手叫怨：「比咆哮山莊還慘。」

芳微笑，助手總算讀過咆哮山莊。

又有同事說：「像步行過西伯利亞。」

她也行，知道地球上有一個地方叫西伯利亞。

她們不斷喝熱飲，一邊着銀行把名下美元轉英鎊賺差價。

「你看，是不是得有錢傍身，關先生這一來一往，竟賺三十萬元，那還不過是零錢。」

「當心換不回來。」

「少擔心，他們是打贏希特拉的國度，一定想得到翻身之術，你呢，芳，按兵不動？你都不像本都會人士。」

下班，阿勝說：「方小姐，我幫你拿雜物上樓。」

兩人走到門前，芳側耳，她像是聽到嗚咽之聲。

阿勝說：「也許是一隻貓。」

芳不安心張望，雙目漸漸習慣黝黯，看見防火梯角落有一堆衣物蠕動一下。

她輕輕說：「是一個人。」

「誰躲在這裏哭。」

芳推開門。

「方小姐，讓我報告護衛員。」

芳蹲下細看。

明敏的她立刻把那人認出。

她輕輕說：「百姓，你怎麼在這裏？」

那堆舊髒衣服底下的人正是老百姓。

衣衫半濕，發出霉味，又髒又臭，百姓已失去俊秀模樣，長髮鬍髭糾結，活脱一個叫化子。

芳叫阿勝過去把他扶起。

這時阿勝也認出他是舊職員。

芳打開家門讓百姓入內。

「方小姐——」

「沒關係，女傭還未走，她可幫忙，你去買些粥粉飯麵大家吃。」

女傭迎出，嚇一大跳，她一聲不響，讓百姓坐下，除下他身上爛臭衣服。

百姓泣不成聲。

「噓，噓，到家了，有話慢慢說。」

芳不嫌什麼，緊緊把百姓摟在懷中，下巴擱他頭頂。

浴缸注滿溫水，她把他扶入泡浸。

女傭把髒衣先搜口袋然後通通放入大垃圾袋，他的護照幸保不失。

芳像洗嬰兒似幫他洗刷。

百姓用手搗着臉不放。

「相信我，」芳嘆口氣，「我經過比這更尷尬的情況，服了過量藥，自己撥警方求救——不比你更慘?!」

芳給他喝熱茶。

又替他手足擦損之處搽藥水。

一個人，只要在外露宿三天，就會變成一隻鬼，百姓便是例子。

阿勝買食物回轉。

百姓看到菜肉包子便取過往嘴裏塞，狼吞虎嚥。

一個人，流落街上，食宿不全，便成乞丐。

百姓在沙發上蜷縮成胎兒一般睡着。

阿勝與女傭先走。

他始終沒有說出與王先生之間關係如何變酸，也不提為何淪落。

不發一言是在這種時刻唯一可以維持些微尊嚴的做法。

如果不計較得失，那麼，說來無益的事，說來作甚。

「一定是沒結成婚。」圓子說。

程長：「那人騙他年幼無知，他上當。」
芳說：「他不願回家。」
「休養過後，他打算如何。」
「同所有人一樣，從頭再來。」
「那些傷痕——」
「會得痊癒，你我都安然無恙。」
大家沉默。
芳重重吁出一口氣。
百姓在她家逗留整個月。
他靜，公寓雖小，他也懂得藏匿，在小小儲物室放床褥，拉上門，彷佛無聲無息無人。
吃飯之際，一改常態，大口大口，吃得打飽嗝為止。
不知什麼殘酷遭遇教訓了他叫他痛改前非。

芳輕輕勸：「感情不外三個結果：一是完美到老，二是和平分手，三是你死我亡，人人當遭此劫，人生必經歷程，百姓，我或可幫你。」

「我會回家求助。」

「有何打算？」

「申請往英升學。」

「天下烏鴉一般黑，你要愛惜自身。」

他微笑說：「我這才明白什麼叫苦口婆心。」

芳氣結。

百姓睡着時芳不放心會看他：雪白肌膚，精緻五官，頭髮拂在臉頰，像女孩一般好看。

他注定要吃苦。

芳坐到他身邊，輕輕撥動百姓頭髮，他蘇醒，睡到芳大腿上，輕輕說：「這世上我只信你一人。」

芳說：「別太偏激，你父母已接受你。」

「你真相信。」

芳沒有兄弟，但不介意有他這樣兄弟。

百姓一直住在芳的小公寓內。

助手問她：「百姓還沒搬走。」

「你叫他往何處。」

「阿頭，老百姓不是苦海孤雛，他家在倫敦與溫哥華都有公寓房子，他不過是喜歡與你共處。」

芳一怔，但他蹲在她門角，真像一個乞丐。

「我去勸他回家。」

「他並不妨礙什麼。」

「人家會說話。」

「誰，我只是一介民婦，有什麼可說。」

「我們有行家。」

芳抬頭，「行家們有無提及最近何類客人多。」

「有不少人拿來倫敦屋契希望盡當。」

「可有溫哥華房產。」

「我手上有一間，」她看紀錄，「位置第一尚納斯，五千平方呎，分三層，五浴四房，特別寬大遊戲室及書房。」

「為何都拿到本市抵押。」

「買主比較多吧，可有興趣？」

「我不喜廟堂般房子。」

「我不介意，客堂不擺家具，可以踩腳踏車。」

芳微笑。

秘書進來說：「一位王先生找阿頭。」

芳一聽，臉色已經沉下，「請他進來。」

王先生神色無異，一貫鎮靜斯文，這種老狐狸。

芳怒氣湧上心頭，一時說不出話。

她案頭有一杯大咖啡，可以兜頭兜腦給他淋過去，也有幾塊金屬紙鎮，摔到臉面，亦可造成傷害。

早十年，方芳會拾起櫈子，車到他頭上，但此刻，憤怒漸漸轉為悲哀。

她輕輕說：「王先生，你做人沒有誠信，我不能承擔你的生意，你另覓高就吧。」

「方小姐，你對我有誤會——」

「沒有誤會，請你速速離開我辦公室。」

「方小姐，我想見百姓一面。」

助手已經帶着護衛員走入，「王先生，請你離去。」

他無奈說：「不盡是我的錯。」

當然，他怎麼會有錯，都是別人的錯。

不過，他已經走出芳的辦公室，走出百姓的世界。

上司阿關站門口問：「什麼事攆走客戶。」

「進房來說。」

「我怕你打人。」

「你找別人招呼他。」

「方小姐說不招呼，就不招呼。」

「多謝支持。」

那天傍晚回到家，女傭開門便說：「小老先生走了。」

「你怎麼不即時通知我！」

「我來開工時他已離去，給我留張便條以及紅包。」

芳頓足，「可有說往哪裏去。」

「他留下一封信給你。」

什麼時候了，還寫信，這人走錯時間空間。

拆開信一看，有學校名字及地址。

芳放下一半心，不算失蹤。

助手找她：「老百姓上飛機之前向我道別。」

還算有良心。

「阿頭，算了，非親非故，你已盡力。」

芳頹然坐下，一直覺得寂寞的她忽然覺得四面牆壁緊壓，無法透氣。

她取過外套披上，往門外竄逃。

晚飯時分，鄰居紛紛下班到家，年輕母親帶孩子到樓下守望，孩子往前叫爸爸——

芳站着不知看多久，鄰居朝她頷首。

女傭找到樓下，「方小姐，好吃飯了。」

吃了飯，又是一天，傭人收工。

她昨日與百姓聊天，說到什麼地方？

說到人生在世，是否需要留名。

兩人齊齊大叫：「不必了不必了。」

也不是想留就有得留，但的確不必。

原以為今晚還能繼續討論，誰知人去樓空。

這一段日子，像每晚習慣喝杯熱可可，不知不覺之間喝成習慣，忽然停止，恍然若失。

略吃兩口飯菜，她走到停車場，本想開車蹓躂，卻看到一個人。

他在抹車。

小心翼翼，彷彿替幼嬰洗澡。

芳心中沉鬱掃去一半，掛上微笑。

他當然也看到她，抹淨雙手，走近，「你好，我見到你與男友在一起，沒打招呼。」

「那不是我男友。」

「啊，那一定是兄弟，姐弟同樣漂亮。」

「他回學校去了。」

「怪不得你臉上又添落寞。」

「為什麼不住大學宿舍。」

「我的確住在宿舍，只不過車子停在這裏充電。」

「這是你父母的家吧。」

「被你猜中。」

「他們一定引你為榮。」

「嘿，才怪，我太黑太瘦太神出鬼沒，至今尚未成家，沒個打算，別人家趙錢孫李伯母已經N次抱孫，一個個粉糰似可愛得不行……」

「只得你一個兒子。」

「方小姐，讓我們找個地方聊天。」

芳照例遲疑。

「凡事想太多是不行的。」

「你還沒吃過飯吧，我家有兩菜一湯。」

這名叫沈助力的年輕人搖頭，「我不想佔你便宜，你到我宿舍吃熱狗吧。」

芳坐他的車。

他把小跑車的篷揭起，座位像一隻桶，芳不習慣伸長腿窩進。

已經忘記如何坐跑車。

車子性能那是沒話講。

在這個寂寥晚上淒涼心情底下，她終於回到紅色小跑車的座位上。

司機開啟音樂，萬估不到，竟是台灣民謠望春風。

不知名女聲無奈輕哼：午夜無伴守燈下，春風對面吹，十七八歲未出嫁，見着少年家……聽見外邊有人來，開門該看覓，月娘笑阮憨大呆，被風騙不知……

芳吁出一口氣，歌的作用就該如此。

伴奏的色士風幽怨地嗚奏，如泣如訴。

大學在山上，噫，是程長地頭呢，好久沒來。

跑車開始駛得不快，還可以看到路人注目，忽然加速，並沒有轟一聲，芳只覺她身子飄浮一下，車子便似箭般射出，這時，已看不清路邊風景。

速度能給人一種奇異快感，腎上腺突然活躍，內分泌叫人丟下日常生活中困苦壓力，芳忍不住哈一聲，多久沒享受如釋重負的輕快，她吁出一口氣。

年輕人把跑車在山上兜許多個圈子，終於，在一個看得見海港燦爛燈光的避車處停下。

他輕輕說：「經過那麼多，仍然美麗。」

說的，當然是舉世聞名的深水港。

芳輕輕回答：「可不是，曾經一度滿滿停泊毒梟船隻，有一個國家，公然販毒，遭到受害人反抗，還出動兵力軍火，逼對方就範，要求割地賠款數百萬萬両，天下竟有這種惡棍。」

年輕人微笑。

這種良辰美景，其餘女子，通常會輕輕靠到他肩上，表示好感，極少有人會感慨歷史舊事。

他一早知道她是比較特別女子。

終於她說：「駕駛技術一流，可以回去啦。」

「我還以為你會到舍下小坐，喝杯咖啡。」

芳微笑，「下次吧，今晚乏了。」

他輕輕把車子掉頭，小小電跑靈活輕巧，難怪受他鍾愛。

不徐不疾駛回她家門。

他走下替她開車門，輕輕吻她手背。

「謝謝你，再見。」

芳決定有空到車房找一輛超跑。

那晚她睡得不錯，但是老有種身子飄浮感覺，像幼時游了一天泳，整晚仍覺海波蕩漾。

她嘆口氣。

這種事真是不開頭的好，但像對小狗與幼嬰的拒絕，終究總會得放棄，最後便受不住引誘，輕輕抱起，緊緊摟在懷抱。

這也許是人生脱苦海唯一樂趣。

年輕人並沒有即刻再約。

她汽車水撥上也無留件。

芳倒是真去了車行，它在橫街三層樓底下叫樂人車行。

車行經理一見她便眉開眼笑，似羊牯上門，迎上說：「這位小姐，你最適合駕駛費拉利跑車，美人配名車。」

如此俗不可耐銷售術語竟叫方芳笑出聲。

另外一名職員走出，「阿儂，有電話找你。」把他使開。

這一位比較斯文，他這樣說：「我們有一輛復古MBG，請過來看一看。」

那輛車停在一輛蓮花伊莉斯旁邊，只到芳腰身，小巧玲瓏。

「請留意噴漆不是一般紅色，而是稍暗一些，色版上稱之苦澀紅。」別出心裁。

「車廂、設備、質量、造工、科技、動力表現、操控表現、整體安全，全屬一流，你請試坐一下。」

芳凝視銀色皮座位，「我想一想。」

「小姐，請把名片給我，這車本市只得一架，另一輛在上海，如有人問起，我先知會你。」

芳點頭，留下名片。

「對了，方小姐，我知你不介意，但車價是這個，」他寫一個數目，

「訂金是這個。」

芳點點頭。

順口問一句：「最近三兩個月市道好嗎？」

他笑笑，「會上去的。」

接一個電話，對芳說：「上海那部已經出售。」

芳頷首，付他訂洋。

回到公司，助手迎上，「今天天氣難得地好，藍天白雲，同事們都說死而無憾。」

「有無特別事。」

「關先生找你兩次，他說朋友在蘇州帶專人製作豆酥糖給他，你們是同鄉，請你一嘗。」

這人夠親切。

她在會議室見到阿關，吃一口豆酥糖，不覺有何特別：香是香，不見得比土產店出售的更美味。

阿關臉色紅紅，興奮，「家鄉味道最佳，阿芳，今日天氣好，極佳兆頭，群眾生意……」他舉起手臂，又放下，說話口齒驟然不清，這時，臉與嘴歪斜，但他沒住口：「叫他們都小心……酒後駕駛……公司利潤……」

方芳霍一聲站起，「阿關，阿關！」

他傻笑，口角有涎沫流出。

芳看着他怪狀先是突兀，電光石火間醒覺，大叫：「叫救護車！」

同事們奔進。

「什麼事什麼事。」

「中風，快，快，扶着他。」

這時阿關雙目已緊閉，全身癱倒。

救護人員趕到，一見此等情況，立刻急救，並且把病人放上擔架，推下樓。

芳提高聲音：「各位鎮靜，快知會關太太，由我跟車，往靈糧醫院。」

她與助手登上救護車。

助手年紀輕，不曾見過這種場面，臉色煞白，握緊雙手。

芳大力拍打她肩膀，看着救護人員做心肺復甦。

她們看着關先生的面孔漸漸變成死灰，臉皮塌下，像壓壞柿子，然後，儀表上曲線消失，只餘一條直線。

關先生沒能救回。

在這個明媚有陽光日子，他中風失救。

救護車抵達醫院時宣佈他死亡。

不久關太太氣急敗壞趕到，喃喃說：「我不明白，我不明白——」

芳緊緊抱着她。

躺在病床上的關先生與平時不一樣，他的少年子女不認得他，驚駭陌生瞪視，一時不知道哭。

關太太走近，這樣說：「快起來，別嚇我，下個月我們結婚廿五週年……」

助手忽然落淚，這下子，他們才一起哭出聲。

醫生走近，輕輕解釋。

殷律師自保險箱取出一封信趕到，交關太太手上，關太太讀出：「不設儀式，不公告，火化。」

這個半生在錢孔打滾的中年人，遺囑竟如此簡單樸實，芳忽然朝他鞠躬。

關太太問殷律師：「我與子女怎麼辦。」

「我們稍後開會商議，你放心，你們會得到很好照顧。」

這時冷不防身後有一把尖刻聲音：「我們呢?!」

芳意外，抬頭看向門口。

這是誰，一個年輕女子，沒化妝，臉上只看到兩道紋上的紫藍色粗眉，一手牽一個孩子，堵住門口。

什麼人？

關太太霍一聲站起，「你是誰？」

方芳深覺不妙，立刻站到兩女中間。

兩女同聲答：「我是關紹山太太！」

關太太大怒，「你放什麼屁，天下只有我一個關太，我有結婚證書。」

這時候，千萬別說一張婚書沒有用。

那年輕女子訕笑，「我才有正式上海註冊證書，你說什麼你。」

護士們跑進，「各位，這是醫院，請各位肅靜。」

芳與助手站着發獃，說不上話。

殷律師老薑夠辣，「請到我辦公室說話，關先生有詳細安排，誰也不會吃虧。」

關太太大怒，「我為什麼要接受安排，關某所有遺產屬我所有，我要告他訛騙，重婚，這些年來，我竟不知他有另外一個家！」

少婦帶來的孩子只得六七歲，聽見吵架，不禁害怕哭泣。

助手不忍，想走近哄撮，被她阿頭輕輕攔住。

醫生避得遠遠，免招是非。

那齊人，被白布遮住，無知無覺。

兩個女人邊罵邊離開醫院：「你是鄉間老式婚禮，根本不作得數」，「你才是鄉下，我是堂堂本市教育學院畢業生」，「你好算有文化」，「你在哪間酒家任職」……

方芳忍不住，說四個字，「屍骨未寒。」

關太太的兒子與女兒先說：「媽，我們有事，早退一步。」

「你們不可以走，你們的生活——」

「聽父親遺囑安排，我們無異議。」

他們不想參與如此不堪爭吵場面，抽身而去。

關太太頓足，「方小姐，你要站在我這邊。」

芳說：「公司千頭萬緒……」她也告退。

少婦把兩個孩子塞給方芳，「我要去殷律師處說個明白，孩子你先帶着。」

什麼?!

孩子已哭得一塌糊塗。

助手一手拖一個，再也不忍放手。

人事部同事與司機阿勝趕到。

芳指揮：「你與醫院有關人員安排事宜，你，代表群眾聯絡殯儀，阿勝，跟着我做跑腿。」

幸虧有各人幫手。

「太太呢？」

「爭遺產去了。」

這有關日後三餐一宿，別說不重要。

助手帶着孩子回公司。

她替他們抹臉洗手吃點心看故事書。

阿勝忙去把他們家保母傭人接來。

「阿勝，你一早知道這另外一頭家？」

阿勝不出聲。

芳嘆口氣。

保母要接孩子們回家，他們正看一齣機械人大戰天外來客科幻巨片，一時不捨得走，看樣子也不是省油的燈。

同事們都忍不住好奇前來張望。

殷律師電話找方芳，「你也來一下。」

「不關我事。」

「你是群眾老伙計，當然關你事。」

到達律師事務所，只見兩位太太已經威頭打倒，萎靡不能作聲。

方芳這時才看清楚她們：兩人同款香奈兒套裝，一模一樣的凱莉手袋，一式鑽石耳環。

看樣子阿關還算公道。

大關太太一見方芳，委屈流淚說：「方小姐，你瞞得我好苦。」

芳舉起雙手，「我也是今天才知。」

關太淚如雨下，「無仇可報，人已經化灰。」

殷律師說：「你們聽着：若有誰不服提告，立即取消承繼權，兩位請節哀順變，好好生活。」

芳差點沒笑出聲。

少婦訴苦：「她比我少守廿年寡，我吃虧了。」

這種精算，不知何處學來。

殷師說：「都回去照顧孩子吧，他們也受創傷。」

一言提醒夢中人，兩位夫人忽忽抹乾眼淚，電召司機。

她們一離開辦公室，殷律師便輕輕說：「世人只道神仙好，惟有嬌妻忘不了，君生日日說恩情，君死又隨人去了。」

芳不出聲。

殷師一時忘記，方芳亦是寡婦。

「芳，阿關的遺囑：結束群眾這盤生意。」

什麼，芳呆住。

「他四名子女還年少，兩個稍大的也不是精明人才，為免兩個太太引入外戚相爭，遲早把生意敗掉，不如清盤解散套現平分。」

群眾諸員工要失業了。

「還有一個做法，我可請工商律師協助你精簡員工數目，做個小群眾，你當老闆，保存現有客戶，你說如何。」

突然而來噩耗，叫方芳似孩童般發呆，她真想像小孩般哇一聲哭出，但，千里搭長棚，天下無不散之筵席，成年人要會得節哀順變。

她握緊拳頭，沉胼落膊，想一會，這樣回答：「我已意興闌珊。」

「方小姐，這仍是盤賺錢生意。」

「我等拿遣散費好了，殷師，你說了算。」

殷師吁一口氣，「真想不到，那樣精壯笑口常開長袖善舞的男子，一下子灰飛煙滅。」

可不是。

方芳站起告辭。

「方小姐，你處理得很好。」

不過，殷師更加不動如山。

都成了精。

回到公司，把消息告訴助手。

與她一起，擬一張公告，發出給各同事。

群眾公司，共三十七位職員。

不到十分鐘，芳辦公室門外圍滿人。

同事們默默站門外。

芳說：「和味記的紅豆甜湯最好喝，去買一大缸回來分享。」世事無常，先吃甜品。

會計部忙得團團轉，殷律師派下來的人也到了。

助手伏在桌上不動。

三日後，得出結論：方阿頭與幾個心腹留下待客戶贖回貨物，群眾是結業，不是倒閉。

律師在報章刊登大幅啟事。

助手嗚咽說：「早知，你該跟那阿拉伯人走路。」

「阿莫，專心工作。」

秘書報知：「周懷中先生找。」

助手又說：「他也好。」

「我不在。」

「杜拜長途電話。」

「我也不在。」

「幾時回來。」

「不回來了。」

秘書自作主張：「方小姐嫁人，不回來啦。」

公司內靜默一片，死了人一樣，而的確是死了人。

圓子她們陪她開解：「到底不是親人，你可打算找新工。」

「先休息一年。」

「打鐵趁熱，佳士得那邊——」

「心灰意冷，提早退休算數。」

程長說：「芳自己會得計算，別催她。」

芳忽然大叫：「盤算、計算、打算、錙銖必算，終朝只恨聚無多，及至多時人去了。」

兩個老友面面相覷。

芳到停車場找小小紅跑車。

噫，它去了何處？

「這裏。」

芳轉頭，看到年輕人那張宜喜宜嗔春風臉。

「閱報知你公司出了一點事，不便打擾，如今塵埃落定了吧。」

芳點頭。

「天有不測風雲，送君千里，終須一別。」

芳說：「只是沒想到自己也喜聚不喜散。」

「人之常情耳。」

他像是忽然長大。

芳伸手摸他耳朵，「你懂什麼。」

「來，去我處喝咖啡。」

同這沈助力作伴，不必偽裝、矜持、保留、口是心非、賣弄機關。

小跑車駛到大學堂另一邊宿舍。

芳記得，程長的宿舍在山的另一邊。

甫打開門，忽然聽得一把童稚聲音：「回來啦。」

芳一怔，誰。

燈一亮，只見小小一隻可愛大眼睛玩偶，啪啪啪像幼兒般走近，仰起頭，凝視方芳：「咦，這位漂亮姐姐是什麼人。」

芳笑出聲，這分明是一隻精巧機械人。

它接着轉向沈助力，「抱抱、抱抱。」

沈把它抱在懷中。

「見過方小姐。」

「唷，是你女朋友嗎？」

方芳大笑，真人一樣。

沈助力介紹：「它叫關懷你。」

他順手把它關掉。

「可打算大量生產。」

「已送樣板到醫院、護老院以及小學，它主要用途是與人作伴。」

「與寂寞的心為伴。」

他微笑。

「功德無量。」

他又開啟機械人，「講一個故事給姐姐聽。」

它調皮的説：「哈哈，你待我好些，我才做。」

方芳笑得絕倒。

日子久了，真會是一個好伴侶：懂事、識趣、詼諧、玲瓏，永遠不會忤逆。
「真是偉大發明。」
「我組正研究海底無人小型潛艇……」
方芳看着他。
咖啡已經喝光。
助力咳嗽一聲，「我不是你想像中那樣小。」
方詫異，「我當然知道你是一個青年。」
「謝謝你。」
他漸漸趨近，身上氣息可聞。
芳伸手撫摸他腮幫。
「這個動作，就是把我視作孩子。」
「你太漂亮可愛。」
助力握住她的手，「你也是。」

這一個晚上會走到何處？

群眾結業後，方芳的想法忽然變化。

助力站起，「尚未準備好？先送你回去，」忽然想到，「你家裏沒有人吧。」

那小小寂寥公寓，屬於女傭多過她。

「那麼，說些你少年時的故事給我聽。」

「上學放學，放學上學，至於游泳、法語、跳舞，一樣都沒學好。」

「男朋友呢？」

「我喜歡的人不喜歡我，喜歡我的人我不喜歡，沒多久，便結婚了。」

助力一怔，「對不起，我不知你有丈夫。」

他立刻離芳遠一點。

「他已辭世，我是寡婦。」

「怪不得你那沉鬱氣息揮之不去。」

方芳無奈。

小小機械人忽然走到她身邊，「啊，可憐，原來是這樣」，短短雙臂抱住她，「該如何安慰你好呢。」

這幾句一早裝置妥當的話，安撫任何傷心情況都十分合用，設計人十分聰明。

芳說：「你跟我回家吧。」

「先抱抱，看感覺如何。」

芳忍不住大笑。

設計對話的人分明就是沈助力。

這傢伙。

他緊緊擁抱方芳，她比他想像中還要瘦。

他教她操縱機械人簡單方式：如果十分鐘不理睬它，它會自動熄滅，相當識趣，身體會發暖到98.6℉，正是人類體溫，雙目鑑定用家情緒。

他們一直談到天色露出曙光。

與女友們也時時聊到天亮，感覺截然不同。

接着，公司清盤。

殷律師發下的專門工作隊伍英明能幹，一下子把存貨整理妥當。

兩位關太太烏眼雞似瞪着數目字，實事求是，眼淚早已抹淨。

兩太可能是同一美髮師，把頭頂部份頭髮削得老高，大太太頭髮做深棕色，二太染得更黃，驟眼看，以為是兩名洋婦。

助手輕輕問阿頭：「關先生在生時，她倆可是真不知道對方存在。」

「事不關己，己不勞心。」

「可憐。」

「她們各取所需，盤滿缽滿，毋須人同情。」

倉底有幾件玉器，憑肉眼，門外漢街外人都認得是名貴至寶，一柄如意透明滑潤，似玻璃一般，估價員讚不絕口：「店不在小，有玉則靈。」

但一不能換得真愛，二不能叫兒孫恭順，三不會叫人恢復青春，世事古難全。

做到深夜，助力順路來接，被莫小姐看到。

她咕噥：「漂亮是漂亮，抱着也舒泰，氣息好聞，但是，可靠嗎？」

芳答：「你想多了。」

「現在，連我都不再追求風流倜儻。」

「那是閣下的事。」

又一日，清晨，助力送她回家，在電梯口遇見自家女傭買菜返轉，助力讓她先進，然後說再見。

女傭倚老賣老瞪芳一眼。

芳說：「不是你想像中那樣。」

「方小姐，你是時髦人，不受束縛，但終究也要為自身設想，那是一個小阿飛。」

芳不知多久沒聽到那種形容詞，大笑。

女傭取出一條塌沙魚，開肚，取出腸臟，她手法特殊，用兩枚大釘，把魚頭魚尾釘在砧板上，方便起鱗，芳忽然明白君子遠庖廚一說。

她離開廚房，仍聽得女傭喃喃自語：「那樣年輕好看的男子會有良心嗎，還沒有吃足苦頭嗎，還嫌不夠煩嗎。」

分明是代東家不值，替方小姐擔心。

女傭如此關懷，真是緣份。

佳士得拍賣行的東方總管給她出一封十分得體禮遇公函，正式邀請她加入團體：「方小姐無疑需要休假一個時期，我們願意靜候。」

方芳親筆覆信：「……可是，我從來未見過白孔雀，據說，牠的撒尾，像一把最精工細雕的象牙扇子，真是天工……」她需要的是長假。

助手看過此信，說像詩篇一樣，「原來阿頭練過英文書法，我也得照着榜樣做。」

有用嗎。

命運如果叫你平穩安好過一生，人品學識再粗糙不堪，也就是安樂一生，不論其他。

留下善後的員工都累了，大雨，下午，大家在休息室靠沙發打個盹。

明明還沒睡着，芳已經聽見有人叫她。

呵，真的魂離肉身了。

她彷彿走到一個地方，聽到老父挑剔責備不知哪個子女，母親正在清喉嚨。

真好笑，她從來不會想念他們，今次是怎麼啦。

耳邊是丈夫的聲音：「芳，可是找到伴了。」

她隨口輕聲答：「才沒有。」

「不必瞞我。」

「真的沒有。」

「你只得你自己，非當心不可，他們很會傷人。」

「明白。」

「公司結業，何去何從。」

「人人都說回學堂讀書，圓子也退下陪孩子上學。」

「那是好事。」

「我並非優等生。」

「芳，你優點是凡事則中，從不為什麼廢寢忘餐，自然也不會急功近利，凡事順其自然，狀似慵懶，其實清淡天和。」

芳微笑，想不到亡夫報夢也盛讚她。

許多人以為方芳藏奸，那不在乎樣子純是裝樣。

這時助手大喊：「下班啦下班啦。」

這才驚醒。

真捨不得，只想與最親愛的人多說幾句。

一摸面孔濕濡，究竟還是哭了。

阿勝送她回家。

「方小姐，這是我最後一次開群眾公司車。」

方芳說：「阿勝，真捨不得你。」

「方小姐，感謝你從不把我當下人。」

「還説呢，我一直羈着你用。」

芳自手袋取出一隻紅包給他。

「不用，方小姐，公司已有關照。」

「拿着給孩子們買糖吃。」

「多謝方小姐。」

交通永遠擠塞，逐寸走。

「今天又是為何。」

「下雨，城市一向超載。」

阿勝說出智慧語。

他抄小路走，豈知也一般擠，芳乘機看街景，小路兩旁全是海味店與小食肆，著名燒臘也在這裏，人群熙來攘往，大雨遮不住熱鬧。

忽然見兩個阿嫲抬着一隻燒乳豬等過馬路，狼狽不堪，被人推撞。

芳叫：「這不是我家幫工嗎，阿勝，停車。」她打開車窗，「快上車，載你們一程。」

女傭看到東家，鬆口氣，連忙與同伴與燒豬一起上車。

「方小姐，我們往城隍廟還神。」

芳又氣又好笑，讓阿勝往廟裏兜一圈。

那隻大紅乳豬，躺在兩個阿嫲膝上。

駛到附近，實在擠不進，芳乾脆下車廂幫她們抬貨。

阿勝說：「我就在這裏等。」

女傭感恩不已。

走到廟前，抬頭，呆住。

芳竟不知鬧市之中，林立大廈間，有如此一座規模不小，香火鼎盛，金碧輝煌的廟宇，善男信女擠得水洩不通，煙霧繚繞，像另外一個世界。

她在城市長大，卻從來沒有接近過這個地方。

「方小姐，我們進去啦。」

「小心路滑。」

她倆擠入人群。

芳怔半晌，回頭找阿勝，肩膀已淋濕。

有人叫她：「小姐，替你看個相。」

原來廟側有人在黑色破傘擺看相攤子。

芳不予理睬。

誰知那乾瘦漢子在身後抬高聲音，「小姐，你相貌雖然秀麗，但注定孤苦一生，看個相逢凶化吉。」

芳轉身，給他一張鈔票，「謝謝你。」

她忽忽找到阿勝上車。

回家，覺得不是味道。

女傭氣呼呼趕回打點家務，再三道謝。

芳一直沉默。

直到助力找，「喂，你在什麼地方，天色昏暗，真怕你又沉鬱不歡。」

「公司結業，才發覺過去勞累一發不可收拾。」

「我就在你門口，出來，陪你雨中散步。」

芳被他引發笑意：雨中漫步、淚眼向花、緊握四手，哈哈哈哈。

「你回去吧，我睡一覺再說。」

助力已經按鈴。

女傭啟門見是他，不悅：「方小姐，我替你做了鍋羅宋湯，我明日早些來。」

助力看她背影，「她不喜歡我。」

「為何要每個人喜歡。」

「我以為你家會金碧輝煌，隨便把公司抵押品拿來做擺設，已經了不起，沒想到——」

「四壁蕭條，陋室空空。」

「是我不會說話，年輕有好處，不要與我計較。」

這小青年，今日閒話特別多。

「我有事請教，不知如何開口。」

「你們還怕不好意思。」

「請問你怎麼想：一對伴侶，年紀差距可是問題。」

芳一怔，問得如此婉轉，可見認真。

一時不知如何回答。

「請坦白提供寶貴意見，都說，年齡不是問題。」

人類，一向喜歡故作瀟灑。

什麼婚書不是問題，錢財不應計較之類。

「我家表妹喜歡一個人，比她年長廿多歲。」

芳吁出一口氣，原來如此。

她微笑，差些誤會。

「我見過那人，風度翩翩，學識一流，人品呢，也無劣評。」

貪慕少女青春，算什麼品格，世人對男子品德往往寬容。

「表妹已過廿一歲，家長無力束縛。」

「家長不喜歡。」

「當然，大家見過不少例子：男方屆時七老八十，妻室還身壯力健，需照顧對方，十分勞累。」

「那人有子女否。」

「有三名子女。」

「前妻呢。」

「已分開與成年子女在外國居住。」

「助力，這不是你的煩惱呢。」

「他待她如公主一般，絕不吝嗇人力物力。」

芳微笑，她也曾經認識那樣男友。

「當作一種經驗吧。」

「不，他們打算結婚。」

啊，結婚，那是完全兩回事，二人不同環境背景年紀朝夕相對，一定會發現對方無數缺點紕漏，開頭是苦苦容忍，漸漸覺得忍無可忍，要求對方改變習慣，多年積習一時如何更改，反正已正式結婚，何用再改。

像圓子，她不止一次告訴朋友，真正聽不慣丈夫英語發音 sh 與 s 不清，越聽越礙耳，當初完全不發覺，待孩子上小學在家溫習，才發覺他這個謬誤，男人自尊心受到創傷，「全都會都這麼讀」，以後，竟成吵架主因之一，可怕。

老男人怪習慣特別多，有人喜上澡堂，有人不喜理髮，有人不願吃蔬菜，有人還在吸煙，還有，上一脫男人心底根本看不起女性，也從不考慮磨合、遷就。

「你為何不出聲，可是覺得他們不宜結婚。」

「助力，這實在不是外人的事。」

「你是怕她中年便做寡婦。」

壽數有限，這當然也是原因。

「表妹年輕，根本沒想那麼遠。」

「那位先生，其餘條件一定優秀。」

「那人辦事，滴水不漏，舒服熨貼，手下人又多，助手司機等人，像一隊兵。」

芳想到自身，失去工作之後，變成沒腳蟹，孤掌難鳴，叫一客薄餅都得親自打電話。

「多謝你指教。」

「我幫不上忙。」

第二早起床，她像往日那般匆匆梳洗更衣，走到樓下，才發覺不對。

噫，方小姐，你往何處。

你已歇業，不用再上班啦。

發獃，好一會，才緩緩回到公寓，脫外套，坐下。

這叫神經衰弱，切莫提早更年期。

電話響，是程長救她，「退休第一天，如何？」

「還好。」

「都快哭了，還算好？」

「何苦拆穿我。」

「人要面對現實，再找工作不是難事。」

「可有聽過 Too old to live, too young to die 這話。」

「無病呻吟，我與你同年，還打算開拓前程呢，正申請到清華教一年書。」

「我是寡婦。」

「這寡婦兩字幾乎成為你的盾牌。」

「這是我的身份，工作履歷表上有婚姻狀況一欄，需要填上。」

「因此你不願申請新工。」

「還有其他，第一年做新職，總得摸清上下班時間，有的公司，八至八時，誰還吃得消，允許女職員長期穿西裝褲嗎，開頭禮貌上得挺起胸膛，信心微笑，愉快地答『是，老闆』吧——」

「這樣一說，倒是挺累的。」

「還有同事中甲乙丙與愛皮西的關係，各人有何嗜好、死穴、練門，都得一一記熟避忌，起碼減壽三年，划不來。」

「真是。」

「希望慢慢會習慣退休生涯，放心，我不會纏住你。」

「一起北上吧，當作見識。」

「我每天應用瓶瓶罐罐十多種，帶不動。」

「芳，走出來，靠自己。」

「程，你自由飛翔，別管我。」

朋友一定會有離合。

這時有人找程長，「我們稍後再說。」

程長是樂觀人，擅長苦中作樂，功力深厚，方芳難與她比。

電話接着響。

「我們是樂人車行，找方小姐說話。」

「可是車子已經準備妥當。」

「呃，方小姐，方便來一次車行嗎？」

「你可以把車子送到我家停車場。」

「方小姐，還有一些小問題，今天傍晚可以見到你否？」

「六時見。」

有個理由出門也好。

她先到銀行準備本票。

女職員忽然找經理。

經理走出，「方小姐，巨額本票用來何用，近日銀行風聲鶴唳，只怕顧客受騙。」

「我買車。」

「這小車行我們在網上查過，專門幫老爺車脱胎換骨，賣得比新車貴十倍，可靠嗎？」

「可有顧客投訴。」

「那倒沒有，我們怕你是第一個。」

銀行經理真善心。

「那，照你說，應該怎麼辦。」

「我們代你找專家驗車，同時，要求分期付款。」

「多謝你關心，並非巨款，放心。」

他頓足，「女士們總是勸不聽。」

「也罷，你那專家，一小時後可能到車行？」

「這麼急，車子又不會逃跑，等一等吧。」

「多謝你關心。」

芳取過本票收好，一逕往車行。

——女子……勸都勸不聽……

她走近車行，遠遠已看到門前已站兩名年輕男子等候，一個是那經紀，另一個不認識。

十步之遙，已覺得那另一人身形熟悉，兩道濃眉更像是一個人。

芳的丈夫。

她緩緩走近，確是有那麼一點點一點點相似。

芳怪自己多心。

車呢。

訂洋已付，車子已屬於她。

經紀灰頭灰腦走近，「方小姐，對不起——」

啊，有意外，車子擦壞。

那陌生人把經紀推開，「方小姐，是這樣的：我是樂人車行負責人，我就是甄樂人，你下訂的那輛車，是非賣品，我的新伙計搞錯，還以為立下奇功，把積塵貨色脫手。」

芳看着他，不出聲。

他們沒請她坐，只想速戰速決。

「那輛車是我的寶貝，我想把訂洋雙倍退回，望方小姐原諒。」

芳看着這個樂人，說不出話。

有人當一隻鳥是心肝，他當一部車是寶貝。

「唉，我只不過走開旅行一個星期，回來已發生大事。」

他把支票交出。

芳沒有伸手接。

他那着急模樣，頓一頓足，蹙着眉尖，確有點像。

「是我們車行的錯，這樣吧，取消合同，我賠三倍。」

芳仍不出聲。

這時有伙計抬出兩箱香檳。

「再加賠酒。」

芳張望一下，不見小小紅車。

「那車我花了三年改裝，實在不能出售。」

那伙計更加面如死灰，斟一杯咖啡，作出一個奇怪動作，他半跪着，雙手把杯子舉到眉際。

芳連忙接過咖啡，「快站好。」

伙計閃縮站立。

芳轉過頭，「你把原本定金還我便可。」

那兩個年輕男子意外驚喜，一時說不出謝字，尤其是甄樂人，雙耳感動紅透。

芳輕輕說：「不相干，我另外找一輛紅色小跑車便是，你把酒與支票送到——」

她剛想說出群眾地址，驀然想起群眾已不存在，露出傷感。

甄樂人以為她也不捨得那小跑車，心中不忍。

芳對自己說：不要緊，她已不知錯過多少紅色跑車，只是沒想到連主動出手購買也得不到，可見什麼都講緣份。

不是你的，就不是你的。

她說出家裏地址。

然後一聲不響離去。

甄樂人不敢追上，怕多説幾句她反悔。

今天真幸運，他對自己説。

第二天就帶着新寫支票與香檳正式登門道謝。

芳剛預備出門買日用品，衣着隨便，臉色也不大好。

請他進內，簽妥文件，收下支票。

「從未見過你如此大方女子。」

芳忽然笑，解釋給他聽：「有女子不肯放過你？那是因為她們仍然愛你。」

甄樂人一怔，細細咀嚼方小姐那兩句話，只覺其味無窮。

這弱不禁風，清麗迷人的女子還有如此智慧，叫他驚艷。

芳説：「事情已圓滿解決，你請回吧。」

不知怎地，甄樂人他取過一瓶香檳，到廚房找到一隻鍋，自冰箱取出

冰塊，把酒瓶浸入。

他不打算告辭。

芳看着他。

他咳嗽一聲，「慶祝一下。」

這人，無疑也是大男人，跑到客戶家中，自說自話，說要慶祝。

女傭如果遇見他，一定會搖頭：「靠不住。」

「還有什麼事嗎。」

「我另外替你做一輛。」

「不必勞駕，我置一輛費拉利就是。」

「那太委屈你。」

「你別客氣。」

這時他已斟出香檳，倒在紙杯裏，「不夠凍，像意大利，所有的酒都微溫。」

請客容易送客難。

但是芳不討厭他，他約比助力大幾歲，成熟得多，聽他言談，見過世面，知道自己在做什麼。

他見再也沒有留下藉口，主人也無留客之意，便吁出口氣，不得不告辭。

芳開門給他。

他作最後努力：「今天我把車開了來，載你兜風如何？」

芳這樣說：「可允我當司機？」

他喜出望外，「當然可以。」

芳看他一眼，別後悔才好。

車位上擺着鮮花糖果。

甄樂人不好意思，「本來是送你的，又怕做俗了。」

芳不語。

他對她，不知為什麼，有特別好感。

她開動引擎，一個飄移術，輕輕把跑車轉過方向，嚇得甄樂人一大跳。

喲，這方小姐不是沒有經驗的駕車者。

轉出公路，芳像是認識這輛小跑車似，要快便快，要緩便緩，一時盯緊路前跑車，叫那司機緊張，但立刻放慢，再迅速轉到另一線，將之拖後。

終於，在避車處停下。

隔一會，甄樂人鼓掌。

他合掌拜膜，「是小人有眼不識泰山。」

「不敢當，姐妹淘裏我只排第三。」程長是狀元。

「嘩。」

芳與他調位。

他緩緩駛回市內，回到芳住所。

他如此說：「這車，活該擁有你這般司機，我把它留給你用三個月。」

「不，」芳拒絕，「你開回去，別拖拖拉拉，糾纏不清，難捨難分。」

甄在她面前，變成嚕囌的阿嬸，他苦笑。

「方芳，這張請帖，邀請你下星期到樂人車房參加這部車的介紹會，略備酒水，都是熟人，希望你出現。」

啊，這人愛車也愛得到家，還要正式為它開酒會慶生辰。

她微笑接過帖子，回家。

現在，不必再問秘書或助手什麼時候有空沒空，反正天天都有空。

但，空閒也不必飢不擇食。

程長急找：「芳，明晚七時，到我宿舍。」

「幹什麼。」

「你這人渾噩，一早知會你我要北上，忽接通知後天起程，明晚辭行。」

什麼。

「找不到圓子，她關上電話，你可帶朋友，一定要來。」啪一聲掛斷。

芳怔半晌，可見真要下決心，還是做得到。

四季衣裳、鞋襪、手袋、藥物、化妝品、書籍、文件，甚至用慣枕頭、被褥……肉身所需雜物，不知要帶幾個箱子。

說走就走，厲害。

不知送什麼才好，此去一年半載未必見得到面。

走一個少一個。

老朋友一向最可貴，說話可稍微開心見誠，有時亦能得到忠告，結識新朋友需大量投資時間精力，很多時吃力不討好。

她找助力，想對他說：「介紹一位即將遠遊朋友給你認識，她也在大學教書」，但是助力電話總是忙。

芳終於選一雙簡單獨粒鑽石耳環給程長。

程長看到，這樣說：「我的天，你這個失業人不知天高地厚，還浪費這種錢。」

一邊說一邊愉快戴上，「嘩，每邊都有一卡多一點，豪爽。」

芳只得笑。

程長張望一下，「一個人？」

室內已有十多位客人，臉熟，名不熟。

程長握着芳手不捨得放。

不知什麼人在鋼琴前又彈又唱：「那些快樂時刻，我與你共度，我不能休止愛你。」

芳鼻子發酸。

程長低聲安慰：「飛機與高速鐵路幾個小時可到。」

服務員把酒水搬出，各人老實不客氣動手。

「今晚，我們吃海鮮。」

大廚捧出整盤蒸熟蝦蟹，就那樣，用手掰着吃。

客人歡呼。

程長說：「芳，我介紹一個人你認識。」

她的臉頰亮起。

芳看着老朋友，忽然靈光一閃，「啊，莫非你枯木逢春。」

程長白眼，「有多難聽就説得多難聽。」

芳微笑，替老朋友高興。

這人，想必有點瞄頭。

她帶芳進書房。

一個年輕男子蹲着用蝦肉餵貓。

「助力，這是我好友芳姐。」

芳見到年輕人背影，已似冰水澆頭。

他抬頭，一臉笑，「噫，你倆一早認識。」

芳也想説這句話，瞠目結舌，作不得聲，老皮老肉，自命料世事如神的她，竟估不到有此意外，一腳踏空。

慚愧。

他們不是在同一家大學任職嗎。

此人不是才問過男女作伴，年齡可是問題嗎。

這些都是拼圖遊戲其中一角，方芳，你也太過遲鈍。

她一背脊冷汗，漸漸濕透襯衫。

「你好，助力。」

輪到程長意外，「你們認識？太好了，哈哈哈，不必介紹，明日助力與我一起北上。」

已經是一個 item 了。

芳輕輕説：「有伴，真幸運。」

助力原本抱着貓，牠忽然喵一聲掙脱，不知逃往何處。

那助力跟着程長招呼朋友，並沒有與方芳多作解釋。

這人情冷暖，原先以為已經習慣，誰知仍然吃驚。

沒有被選擇的失落，照樣刺痛。

趁人多，方芳自後門溜走。

後門停着助力的紅色小跑車。

車前窗貼着 For Sale 字樣。

芳呆半晌。

汗濕透的襯衫貼在背脊有點難受。

但這種不適比以前她承受過的創傷，微不足道。

她駕車離去。

原本希望助力會做得好看一點，追出說幾句，但他是年輕男子，哪裏顧得那麼多。

至於他與程長，那純是他與程長的事。

程長會得照顧自身。

回到家，芳用頗熱的水淋一個蓮蓬浴。

她收到拍賣行電郵，再次誠意邀請她入職，條件詳細列出，「可商議」，他們說。

芳深深吸口氣。

耳畔有聲音說：退休，是太早一些，「華北總監」，職銜多好聽，試一試也好。

不過，要周旋眾暴發客戶之中，實為苦差。

什麼不是苦差，你我若有緣做夫妻到今日，恐怕已申請離婚。

別拿你我開玩笑。

坦白說句，我倆吵得不比其他離婚夫婦少。

芳落淚。

記得嗎，為着你仍然喜歡拜倫，我譏笑你多次。

你這人，逢妻必反，你根本不懂談話，你對我說的任何事便是激烈反對論斷，你可以一直與我辯論下去，直到吵鬧。

我不喜盲從。

看，又來了，不說啦。

芳，你一直有追求者，你那濁不可言的老闆阿關……

別牽涉無辜者。

那人可有給你託夢。

芳霍一聲站起。

她做一杯咖啡，仔細看拍賣行聘書。

天未亮，她發出電訊：「考慮中。」

對方一清早回覆：「期待喜訊。」

真好似沒有她不行。

下午，芳獨自上街添衣物。

累了排隊買咖啡，鄰隊一個背影有點熟。

想一想，一時記不起，在家才躲一會，街外車與人已彷彿前世。

忽然想起，噫，這不是舊同事桂姐嗎，不好相認，她倆之間有芥蒂，怕她轉身不理不睬走開。

正猶疑，桂姐已發現她，「阿頭，是你，好久不見。」

她大方，不怕從前的阿頭不予理睬。

方芳才是小人。

她連忙打醒精神，「桂姐，好嗎。」

兩人取過咖啡，找一張小枱子坐下，不約而同想講幾句。

「阿頭，想你呢，仍喝牙買加黑咖啡一顆糖？」

她還記得。

彼時做小組長，喜、惡，都有下屬緊緊記住，討好她。

職在人在，職亡人亡，今非昔比。

桂姐黯然，「誰會想到關先生忽然猝亡，群眾結業，太意外，看着報紙難以入信。」

芳表示無奈。

「阿頭你一向能幹，已找到新優差了吧。」

芳搖頭，「你呢。」

「我總算養好身子。」

「可有再懷上。」

「阿頭，我已離婚。」

方芳一怔。

「新年新景象，我已決定往溫哥華投靠兩個姐姐，她們在家開設服裝生意，本來只替客人修改舊衣，不料越做越大，客人要求做旗袍及晚裝，忙不過來，讓我過去幫手做賬。」

那是新開始，芳替她高興。

「心中忐忑，阿頭，你見多識廣，你說我會習慣異鄉嗎？」

「溫埠不必說英語都行得通，何況是你中英上佳，此去你會忙得跳腳，不過，切記找個對象。」

桂姐笑，「你呢，方小姐，你可有新朋友。」

「我不同。」

「什麼不同，我聽說一號與二號關太太，身邊都有異性朋友。」

什麼！

「說不定那些表哥表弟早已在後門等候，就阿頭你一人死心眼。」

芳駭笑，「有這種事。」

財產以億算的女子，何愁無人追求。

「是嗎，桂姐，世道果真如此？」

她們仰頭大笑。

「阿頭，趕緊找個人，秋風夜雨，春季花開，都有個人陪。」

「桂姐，祝你一帆風順，前途似錦。」

她除下頸上別致金項鏈贈她。

「如你貴言。」

今日已無司機阿勝，不能送人，也不能送自己。地鐵最快，她們分頭乘地鐵。

一車人，只有兩個年輕女子沒有撥弄手電，她倆輕輕説話：「希望移民」，「盼望往何處」，「多倫多或溫哥華，比較容易找最低工資十五加元一小時呢，一邊在先修班讀文憑像醫院助理之類，由藍領轉白領，薪水其實差無幾，好聽一些」，「有人申請你否」，「表親説可以代保，但要我付一筆費用」，「親戚不應互相照顧嗎」，「那是三百年前的事了」。

芳到站，微笑下車。

回到家，看到桌面上那張樂人車行請帖。

她先打開電腦，把合約細節修改一些，重點是穿西裝衫褲平跟鞋上班開會以及不參加任何社交活動。

仍然堅持用一金鐘罩把自身罩起。

她看看時間，吃一塊蛋糕，深深吸口氣，出門。

到停車場，當然已看不到助力那輛小跑車。

不是惆悵，只是無奈。

她開出大笨車，憑記憶去到樂人車行那條橫街，剛巧亮燈，五顏六色像過節，人客都是年輕人，有些手挽頭盔，自機車下來，他們談笑甚歡，彼此拍打肩膀，拿着啤酒瓶喝，女生都靠在男友身上。

這是她來的地方嗎。

她適合這種場合嗎。

大笨車不知停到何處。

正在這個時候，有人說：「方小姐，你想離去！不行，來了就得進來喝一杯慶祝。」

一看，原來是那賣錯車的經紀。

他說：「樂人去了接你，我得知會他你已出現。」

他急急取出電話通報。

「方小姐，我替你停車。」

芳看到那輛重整跑車前後蓋都打開，供人客觀賞，大家圍着嘖嘖稱奇。

「方小姐一定覺得『買輛新的不就行了』可是。」

芳微笑。

「不一樣，這是自家心血，那天樂人發覺車子已售，臉色發灰。」

這時有人把他一手扯開，「又胡說什麼。」

樂人回來。

一頭汗，捲着白襯衫袖子，笑嘻嘻，「你來了。」

「好熱鬧。」

這時，有穿得比較少的年輕女子抱着他肩膀，「樂人，沒酒啦。」

芳退開一點。

樂人把女郎手臂繞到別人身上。

「芳，跟我來。」

他沒有觸碰她肢體，引路到後園。

這是一幢奇特三層樓獨立房子，附近是一所學校，不嫌車房吵，後園大片草地，向上望，車房二三樓分明是住宅，樂人就住在上面，好不瀟灑。

樂人問：「可要上樓看看。」

「下次吧。」

樂人微笑。

他自口袋掏出一枚遙控器，按下，奇妙的事發生：整座二樓牆壁往上升捲，原來是一道閘，裏邊陳設清晰可見。

方芳驚喜。

只見室內一堆衣物，一張床褥，最稀奇的是，還有一台生鏽破爛車殼，引擎及其他零件已經拆清，車不成車。

這一定是他的下一個項目。

預先放在床邊，晚晚相見，熟悉一番，以後好辦事。

方芳笑得彎下腰。

換句話，那是他同居愛人。

樂人連忙把那幅鬧降下，輕輕說：「一早坦白公開是好事。」

這時有人大聲喊：「吃燒烤啦，豬牛羊都有，快！」

他看着她，「多謝今晚賞光。」

「不客氣。」

芳神情有點恍惚，這小小車房今晚充滿年輕男女的汗息與活力，樂人是他們主角，無可否認，他有他的魅力。

有人走近，「誰的老爺車，憑聽覺都知道起碼有十種大小毛病，要換車啦。」

芳只得笑。

樂人說：「不要批評朋友的車以及朋友的伴侶。」

「是，是，還有無啤酒。」

樂人低頭說：「我替你選一輛新車。」

芳笑：「要呆子一樣外表，小飛俠般機器。」

樂人也笑。

當然仍然有不死心美女繞他身邊轉，人雖多，樂人沒有離開她身邊。

才半夜，他倆交換的意見比老朋友還多。

真是意外之喜。

樂人車行可算是展覽所，正式修理廠在海南，他是舊車重整會會長，會員數千人，稱他為幫主，最奇怪是復修舊車原來是最新興嗜好，據說其樂無窮，會得上癮。

最初資本何來？

樂人不好意思，「家裏的電子廠我與大哥一人一半，他承繼父親生意，我做車行。」

樂人是半個傳奇人物。

「你呢，芳，你幹哪一行。」

「我，我從前是一家典押行裏的朝奉。」

樂人睜大雙眼。

「最近在找新工作。」

「朝奉，即無論什麼貨物都在押票上寫『破舊不堪舊物一件』那人？」

「是，社會吸血者。」

「哎呀，失敬失敬。」

「There。」

有人大叫：「樂人！大半數人已經醉倒，我們要回家呢，下次再聚。」

「你不去送客？」

「他們會得自便。」

走到前園，只見杯盤狼藉。

芳說：「我也告辭。」

「我送你。」

「只我沒喝酒，你早點休息，下次再見。」

他忽然沮喪，「不捨得你走。」

「沒事，下週再會。」

他垂首，「糟糕，本來無憂無慮的一個人，此刻竟依依不捨，嚕嚕嘛嘛。」

芳只能拍拍他肩膀，登上老爺車，駛走。

半路，真想折回頭，這也是放不下，她也貪歡。

終於捱到家，腰痠背痛，同自己打仗，往往最累。

整夜，耳邊都是聚會中歡笑聲與乾杯聲，以及樂人低語聲，沒有其他。

樂人聲線略低，回憶中尤其動聽。

她覺得吸引，當然，其他的女性也不甘後人，她們百折不撓圍在他身邊的情況叫芳心戰膽寒。

說到底，芳沒有競爭信心。

她怕失望、怕失敗，對新的職業如此，對異性也如此。

女傭上班，看見她坐窗前，靜觀日影緩緩移動，不禁暗暗嘆息。

她把主人家新買衣物逐件掛起，上一季的淘汰出來。

主要衣物仍然是白襯衫與深色西服，貴得不得了，但穿上一點不顯顏色，連一個傭人都知道女服是一種廣告牌子，鮮艷、奪目、擾攘，才是好招牌，方小姐如此含蓄，除非是有心人，否則不會懂得欣賞。

女傭把舊衣服包好預備送慈善機構。

她咕噥：「衣裙上偶然釘亮片相當好看。」

啊，她成為時裝專家。

「連那輕佻小後生也很久沒出現啦。」

門鈴響。

「方小姐在嗎，可以進來嗎。」

女傭衝口而出，「請進來，請進來。」
芳抬頭一看，「百姓！」
百姓已恢復舊態，一臉笑容神采飛揚，身邊還有另外一個年輕人。
「快過來。」
芳與他擁抱，「這位是——」
「我叫文凱，是百姓師兄。」
「快請坐，喝什麼，別客氣。」
「可有稀白粥。」
女傭先搶着回答：「馬上做，先喝咖啡。」
公寓忽然熱鬧。
百姓剪平頭，比從前更精神，芳放下心。
「師兄師弟讀哪一科。」
「設計科中珠寶系列，文凱家裏做首飾，大顆鑽大塊玉，我們揀些切

下來碎石，已經夠用。」

「芳姐，我們有小小禮物，盼望笑納。」

多數是方小姐贈送禮物，很少有收禮的時候，她欣然接受。

盒子打開，只見極細項鏈下一顆芝麻大血紅寶石，那麼小但閃閃生光，芳一看便喜歡，「快替我戴上。」

「還有配對耳環。」

另外一隻盒子裏是一副更小的寶石耳環，一紅一綠。

芳樂得哈哈大笑，這比先前音樂盒子還要精彩。

滿城找，都不見有如此精緻含蓄飾物，芳往往只能買東亞幼兒佩戴耳環才保耳孔不塞，沒想到百姓知她品味。

「百姓，時時想起你。」

百姓鼻子發紅，「我也是。」

文凱說：「百姓老說芳姐救他。」

「可以救他的人，不過是他自己。」

百姓固執，「不，是芳姐救我。」

芳問：「你倆如何認識？」

「圖書館呀，兩人爭一本設計書……」

待女傭做好白粥他一邊喝一邊還在講。

這時有人打電話進來，只聽得女傭答：「方小姐在家，你請上來吧。」

芳意外，誰，這女傭不管生張熟李都請入屋，太搞笑。

門一開，卻是甄樂人。

她整個人鬆弛，他不請自來，她迎上站他身邊。

女傭樂得開花，她就知標致如東家不會寂寞一世。

三個英俊聰敏男生看着對方一會，已認清身份，介紹過後，各自坐下。

小客廳擠滿滿。

芳問：「你怎麼來了？」

他輕輕說：「一日不見，如隔三秋。」

百姓咳嗽一聲：「我倆不日就要回英，甄先生，請問你做哪一行，如何認識我們芳姐。」

忽然充當半個家長，叫樂人微微笑。

雖然完全不同行，卻談得興高采烈。

女傭悄悄問：「都不肯走，在這裏吃晚餐？」

「夠不夠碗筷？」

「吃什麼呢。」

芳試探問：「是否留下吃晚飯？」

「有無啤酒？」

「可要訂桌子往餐館？」

「家裏舒服。」

他們正在談世界各國首領誰會在本年度落台，芳在一旁斟茶遞水。

她同女傭說：「做一大鍋排骨菜飯吧。」

「只得小牛骨。」

「就牛肉好了，加個清雞湯。」

「我趕緊做，天都快黑。」

什麼，時間忽然過得這麼快？

人客未來之前，日影老是照腿上，半晌，動也不動。

她站到窗前，看到孩子們自校車下來，被家人接走。

真奇怪，那麼小六七歲幼兒，大抵才讀學前班，彼此也有話說，聚在一堆交談，清脆嘰喳，有趣之至，難怪人們婚後都不辭勞苦不惜代價忙生孩子。

「看什麼。」

「小孩們。」

樂人站得很近很近。

樂人這樣說：「我也喜歡孩子，一見他們便喜不自禁，又不大好表露。」

芳詫異，真看不出。

「男孩，生一個便夠，女兒，最好三名。」

什麼。

「我已經三十八歲，十年計劃未算太晚，五十歲前可以完工。」聲音越來越低。

這話，是說給方芳聽的嗎。

過去不幸經歷，已使她成為一個千瘡百孔的人，包不定喝一杯水，彷彿會像滑稽魔術小丑那般，渾身自穿孔軀體噴水。

第一次有男子與她說到生兒育女之事，她大吃一驚。

怎麼忽然會提到這種話題。

她聽見自己說：「總得結婚才能生兒育兒吧。」

「我也這麼想，再新派——」

幸虧這時女傭高聲説：「吃飯了。」

她也該下班，今天真辛苦。

吃飽飽三個男人一起洗碗。

「奇怪，家常便飯竟那麼香甜」，「還有，什麼啤酒竟喝出果子味」，「我吃得動也動不了」，「該告辭讓芳姐休息」……

百姓把樂人拉到角落，「我與文凱要告辭了。」

「好走不送。」

「甄先生你今晚看樣子不會走。」

樂人看着他清晰雙眼，不語。

「相信你已發覺芳姐是我敬愛的人。」

「明白。」

「你這機器佬最好慇懃小心待她，如有閃失，我發誓會親手剝下你這張不羈的皮。」

樂人一怔，沒想到文秀的百姓會如此暴戾恫嚇。

他忙不迭回答：「一定一定。」

「一定什麼？」百姓咬住不放。

樂人吸口氣，「一定盡心盡意愛護方芳，永不離棄失忘。」

「你給我好好長記性。」

百姓與文凱告辭。

樂人轉頭說：「這兩個孩子有趣。」

「不算小了。」

「二人打算結婚嗎。」

「是有此意，他們還需過若干關口。」

「十分辛苦。」

「所以要疼他們多一點。」

「幾時才可以眾生平等？」

「也許永不。」

「你我都是贊同者。」

「不是擁護，而是我們都討厭不明所以即對人與事盲目歧視。」

樂人告辭。

因喝過酒，他叫街車。

寶貝小紅車捨得留下否，當然不，他叫手下駛走。

之後，甄樂人一有空便探訪方芳，時時留下吃飯。

看到方芳一片魚肉一塊蛋糕便是一天，不以為然，仍然縱容不出聲。

一日，女傭遲疑走到芳面前，吞吐地說：「方小姐，我辭工了，只做到下月初，我媳婦生了雙胞胎，我要帶孫兒。」

方芳一聽，如五雷轟頂，一下子動氣，把桌上碗筷都掃地下，嚇樂人一大跳。

女傭大驚，「方小姐，我已替你找到好的替工。」

「沒有良心的傢伙，我也可以替你找保母！」

「方小姐，你聽我說——」

「走，走，馬上收拾走，我不要再見到你這個人。」

她忽然淚流滿面，大聲叫喊。

樂人在一旁呆住不知反應。

他竟不知方芳有這一面衝動。

芳衝向前，忽然抬高手想打女傭。

「住手！」樂人拉開傭人。

女傭跑到門前，拉開大門逃走。

樂人把芳按到椅上，「你幹什麼？」

芳發狂似叫：「一個個都離我而去，走，走，你也走好了。」

他斟熱茶給她，「噓，噓，我還在這裏。」

芳淚如雨下，泣不成聲。

「一個伙計而已，人家有來去自由，你要講道理。」
芳緩緩靜下。
「你先回去。」
「我今日不會走，家裏突發大事，我得盡責陪住你，你別理我，我會招呼自己。」
他索性躺沙發讀報。
芳走到廚房，奮力把女傭所有留下的雜物統統丟進大垃圾袋。
做到一半，忽然住手。
喂，你發什麼神經，你在做什麼？
方芳，丈夫辭世後你也如此發瘋發癲，把他所有遺物包括書籍照片通通丟棄，一件不留，不眠不休足足做了三天三夜。然後整個人垮下，被醫生送入院治療休養整個月。
出院後還得服情緒藥物，她靜靜搬家，住到今日小公寓。

樂人聽到聲響找到廚房，見她蹲地上，雙手抱緊頭。

他心怕，「這是為什麼，不過是一個女傭，我立刻託人替你找能幹的人。」

沒想到她感情如此豐富，抑或，另有原因。

他把她抱起，雙臂環抱，不願放鬆。

「人生總有不如意事，反應過激，會傷身子。」

沒想到他也會溫言勸慰。

「我也曾有抬不起頭的日子。」

是為着一個女子嗎，抑或，是一輛跑車。

「十六歲那年，家母自殺身亡，我傷心若狂。」

芳怔住，沒想到樂人有家庭慘劇。

「自殺，真是最淒厲一招，她不再留戀世上一切：家庭、子女、事業、歧見、諷嘲、得失……一切不足為道，她不玩了，撒手而去。」

方芳呆呆聆聽。

「我本是她最痛惜的孩子，可是她片言隻字都沒留給我，我尋遍整間屋子也不見遺言，到法醫處見到她遺體，臉容同生前一樣漂亮，我忽然生氣，拉着她手臂，叫她起來，數名大漢才把我按在地下。」

事情原來真有巧合。

當年芳看着病床上的丈夫，也不甘心，「你騙我，你這樣就想離開我？起來，起來，你還要與我一起白頭，」她大力拉扯他冰冷的手。

孔武有力的看護把她按住，替她注射。

當年那幕歷歷在目。

沒想到樂人也曾經此苦。

真諷刺，他還有樂人這個名字。

「父母鬧離婚整年，沒有解決方案，她對我說：『樂兒，這次離婚真殺死我』，父親單方面讓律師申請分手，母親很快證實患三期肺癌，不到一個月，她服毒身亡。」

樂人聲音平靜，但雙手顫抖。

「我一直沒有與父親再度交談。」

人人都有傷心的事，但如此大變，一夜之間變成孤兒，慘況與芳不相伯仲。

「我再不能集中精神讀書，要待十年之後，才回大學完成學士，最後，也終於活下來，我父親？他活得很好，女朋友都很年輕漂亮，我添一半妹。」

芳不出聲，又再證實，死也是白死，應當找良醫治療，肺部可以切除移植，病癒參加兒子婚禮，等着抱胖胖小孫子。

「家母覺得生活實在太過糾結傷心，她選擇另一條路，沒有人再能打擾騷擾她。」

只得樂人傷心。

「傷感，也是緩緩自殺，浪費時間生命，來，芳，站起」，「拉我一把。」

芳搖搖晃晃，扶着牆壁站立，樂人伸長手，芳拉一次，沒拉動，奮力再拉，結果兩個人都站起。

「還有很長一段日子要過，一個朋友在郊外的家釀私啤酒，我們去找他。」

兩人不顧一切出發，芳什麼都沒帶，幸虧樂人有防蚊水。

啤酒異常香甜，獨具風格，應該限量向公眾發售。

樂人與老友大聲笑談，把悲劇藏心底。

這次，他一直拉緊方芳的手不放，左手要做事，把芳手交給右手，右手要忙，又把芳手交左手。

朋友一家很快看出端倪。

朋友太太親善地說：「結婚這種事，不必拖。」

方芳不語。

「樂人還沒開口嗎，我們是現成的證婚人。」

芳終於說：「他的車廠在海南。」

「那多近，又不是阿泰卡馬。」

「我未來工作崗位也許在上海。」

「咄，我曾在芬蘭赫爾辛基大使館工作兩年，丈夫每個月探訪。」

「可行嗎。」

「兩子兩女是證明。」

芳終於微笑。

「還有什麼難處？」

「我過去有些糾結事，不知如何處理。」

「咄，但凡以後每一日每一時每一刻你都以樂人為重，過去算什麼，統統追不回來。」

「是，是，聽君一席話，勝讀十年書。」

這時，他們家胖胖小兒忽然走近，搖頭晃腦吟起詩來：「床前明月光，疑是地上霜，舉頭望明月，低頭思故鄉。」

樂人走近，大笑鼓掌。

稍後他們告辭回家。

回到家，看到女傭與她介紹的工人都在，她正指導新人工作。

新工笑嘻嘻：「我叫阿菊，接着一個星期都會前來學習。」

她自冰箱取出五吋直徑巧克力蛋糕給方芳。

樂人駭笑，接着說：「唱歌像沒有人會聽到，跳舞像沒有人看到，吃蛋糕，要像隨時會有人把它搶走。」

芳忍不住大笑。

女傭放下心，好了好了。

下月她可以放心回家帶孫兒。

再過幾個月，方小姐根本不會發覺廚房換了工人。

時間，治癒大部份傷痕。

與拍賣行的條件終於逐項談妥。

「方小姐，你去滬分行考察一下。」

芳被司機先接到上海寓所，司機是一位大嬸，用上海音普通話說：「有什麼事，請隨時吩咐我做，辦公室步行十分鐘可到，路上兩旁都是梧桐樹，環境不錯。」

一聽，便知是從前的法租界。

公寓陳設簡單，推開窗便有桂花樹枝探頭進來，方芳微笑。

她步行到辦公室。

沒想到是上世紀中葉裝置藝術設計大樓改裝，四層樓，她驚艷，自問不算膚淺的她被大樓美麗外表吸住。

這時有年輕女子迎出，「方小姐，歡迎歡迎，我是你秘書微微。」她取出訪客牌子替她掛好。

看，一下子，人力物力全部回轉，工在人在，工亡人亡。

年輕女子衣着整齊，一頭烏亮黑髮，一口靈格風英語，正是新一代表表者。

微微招待她入內：「地庫是儲藏室，一樓大堂是拍賣場，二樓是展覽館，三樓是辦公室，升降機在樓梯旁，隔間簡單，一共兩萬平方呎左右。」

那天，大堂正舉行拍賣會。

招貼上照片是一隻淡青色小小方瓶。

方芳心裏輕叫一聲：汝窯！

微微輕輕說：「世上只有七十六件，七件在台北故宮博物館，這一件是唯一面世拍賣品。」

只見場內坐滿人，靜寂一片，電子牌上價格已去三千餘萬美元。

方芳繼續逐層樓參觀。

寫字樓簡潔陳設優美，留有許多空間，說不出大方舒適，全不見雜物，工作人員來來往往，都穿軟底鞋，聽不見討厭的閣閣閣，也無損古董木地板。

芳願意在這種地方辦公。

但人間一切明爭暗鬥，勾心鬥角想必一件不缺。

「方小姐，這是你的辦公室。」

一張龐大裝置式寫字枱與數盞鐵芬尼座燈，文件櫃隱藏牆內，銀製名牌上寫着她的姓名與職銜。

喲，她還未簽約呢。

有人敲門入內，「方，歡迎你加入我組，我便是你接洽人。」

那中年男子滿臉笑容伸出手與方芳握住，他穿整齊西服戴領花氣度親民。

「我正向客戶介紹一幅畢加索。」

芳隨他走到展覽廳。

牆壁上一幅畢氏不著名但仍是畢氏傑作，畫的是他情人多拉瑪，儘管三隻眼兩管鼻子但一眼看便知是誰。

一個時髦年輕女子這樣說：「家父讓我挑選畫作做生日禮物，他不懂畫，其實我也不懂，我已有兩幅畢氏素描掛臥室，這幅，可放在書房。」

方芳自問對物質要求不高，也從不羨慕貴婦滿身珠翠，但驀然聽得此言，心中打一個突，不忿之心，油然而起。

她打量艷麗裝假睫毛年輕女子，喂，憑什麼。

大家要長途跋涉到美術館才看到的藝術品，你在家一抬頭便可欣賞？

芳神色暗變。

微微與秘書招呼他們吃下午茶。

點心精美，想必由拍賣行小廚房秘製。

秘書取一隻盒子出來，「方小姐，這是正式合約。」

芳點點頭。

她告辭走到拍賣廳，那件汝窯已以天價售出。

她不出聲。

回到公寓樓下，看到熟悉身影。

芳似遇溺者抓到浮泡似提高聲音：「樂——人——」

樂人趨向前吻她額角。

「你怎麼來了？」

他一時哽咽說不出話。

芳大力拍他肩膀。

「看到你元神才歸位。」

開頭都這樣好，男女如此，公司也如此。

她招呼樂人到公寓。

行李尚未打開。

芳說：「我不打算留下，你呢。」

「我來接你走。」

芳微笑，「你看我，盲頭蒼蠅似，跌跌撞撞，走到何處是何處，目光如豆，毫無計劃，」她把臉貼到樂人大手上，「我常常做一個夢，看到自己擠在公路車廂，有時不見手袋，有時失落大衣，四周圍都是陌生但又似相識的乘客……」

樂人忽然接上：「……最慘是根本不知公車要往何處，是家呢，還是辦公室？車外一片迷霧，我像是千度近視丟了眼鏡——」

「樂人，你也做同樣噩夢！」

「什麼夢境，簡直是真實人生，有時，還隱約在車內看到父母親——太可怕了，醒轉，不住發抖打顫。」

芳忽然大笑，她滿以為她是獨一無二做這種恐怖噩夢的人，沒想到樂人這大男人也同病相憐。

樂人說下去：「不過，如果你也在車廂，而我又緊緊握着你手，誰介意去到何處，芳，我們結婚吧，事不宜遲，不可能一直拖下去。」

芳身不由主點頭。

他們乘傍晚飛機回家。

她寫一封親筆信給拍賣行接洽人：「我也知道世上萬物莫非是貨物，標着一個價目，供人選擇，由五分至五萬億豐儉由人，各取所需，公平交易，甚至可以退貨撻定，但……」接着幾乎是一篇簡潔的社會道德論，「看到藝術品直接=¥與$，覺得不會習慣，難道沒有其他了嗎，應該還有其他吧，因心腦狹窄，竟有點不舒服，那又怎能有效為公司服務，故此……」她終於還是婉拒高職，「也許，任何還有所執着人士在現今社會都難以在任何行業立足。」

這是指方芳她自身，無限感慨。

對方只簡單覆「遺憾」二字。

如此禮待，還是吃檸檬。

所謂有原則的人真叫人吃不消。

就差沒加一句：不知哪個不幸男子娶你為妻。

看到機會的甄樂人卻十分開心。

「可要到樂人總廠參觀。」

「我想先回家休息。」

「我過兩日回來看你。」

他一直送到飛機場。

這甄樂人沒有私家飛機。

芳臨時在櫃枱更換飛機票，決定北上探訪程長。

她一連數次致電聯絡程長，不得要領，在大學接待處留言。

會不會冒失一點，會不會過度恃熟賣熟。

正猶疑間，程長回電：「歡迎，趕快來，倒屣相迎。」

她安下心。

飛機座位上，她又猶疑：可要知會甄樂人，她真不習慣凡事向人通報：走開一會，我與朋友吃茶，又我睡過頭不好意思，漸漸演變成我上衛生間……

看到程長，她短短時間不止胖一圈，駭笑，也就忘記通報。

「程長，你好嗎。」

「你可是心有靈犀，知道我有點欠妥。」

「程長，怎麼了。」

「分手矣。」

這麼快，才多久。

「真歡迎你，有一個人，你一定想見。」

門一開，「圓子！」

三個人又聚一起。

圓子比方芳早一日到，這才叫心有靈犀。

三人很簡潔地互述近況。

圓子這樣講：「芳，你放棄的都是好男人與好職位，你管誰用汝窯罐漱口，首要是賺佣金儲蓄養老。」

「聽聽這口吻，書都讀到狗身上。」

「嘿，又毋須傷天害理，出賣肉身。」

「自尊呢。」

程長笑，「如此脆弱心靈，確難做人。」

「圓子呢，原本可以成為國際級秘聞專家，她也放棄。」

「圓子是為人身安全。」

像往日一般，爭執不已。

最終難免說到坐食山崩這個道理。

「——生活，需要生活費，生活費用罄，那麼，也就不用生活了。」

「華裔說的：一個人吃多少穿多少注定，是否這個意思。」

「華人每句成語都像佛偈難以猜透。」

「沒有收入，如何解決三餐一宿。」

「以前，那好像是男人的憂慮。」

「女性終於爭取到平等了。」

傍晚芳接到電話。

對方先吁出長長一口氣，「芳，請問你在何處。」

「我順道探訪多年朋友。」

「芳，我找你呢，十分擔心你為何尚未到家，此刻可有打擾你。」

他並無動氣，只是擔心，態度尚算文明。

「我們說得興高采烈，你可是在海南。」

「我此刻在你家樓下，新傭人不允開門讓我進入。」

「啊，我馬上回來。」

「芳，知道你在何處便好，你自己當心。」

「不，你等我，我知會傭人，你進去休息，我深夜便到。」

「我去接你。」

「回家我還認得路，就這樣。」

芳立刻取行李及外套。

程長追出，「喂，喂，那人是否可靠。」

芳抬頭望天空嘆息一聲，「不知道。」

「你貿貿然——」

身後一個年輕男子走近，問程長：「老師，什麼事。」

程長問：「芳你可是往飛機場，雅各，你送一送客人。」

立刻拿過行李，「明白。」

「我們一起去。」

「別胡鬧，改日再作探訪。」

「我們想看熱鬧。」

「放心，一定會看到。」

「你可有照片，先亮相。」

芳已經登上少年雅各的吉甫車。

雅各輕輕說：「其實，乘高鐵可以快個多小時。」

「買得到票嗎。」

「我試試替你訂票。」

他撥動電話，「有頭等票，三十分鐘後開駛，剛剛好。」

芳把信用卡給他，他把車站與票號給她。

「我會送你進站。」

「勞駕了。」

雅各忽然笑，年輕人笑起來都像天使，「你們爭執時像孩子。」

芳沒好氣，其實，她們並不比這個雅各大很多，彷彿幾個寒暑，就到了今天，但是，此刻，不用與他們爭辯，說破嘴他們也不會明白。

「有童真是優點。」

傷口上還要撒鹽。

雅各問：「是趕回見家人嗎。」

芳臉色忽然溫柔，是，家人，一時聯絡不到會如此焦急的人，一定是家人。

雅各說：「我是程女士的學生。」

芳微笑，明白。

雅各逢車過車，駕駛術一流，有時違規，芳說：「小心駕駛至上。」

「是，是。」

車子很快抵達車站，他們一起下車，雅各不費吹灰之力挽着行李帶芳進站。

站頭是龐大建築群，陌生人保證五分鐘內便可迷路，三樓高大堂，說話有回音，有小小機械人來回巡視：「哈，先生/小姐，去哪一號站頭，我可以領路」，芳的好助手是雅各。

他左穿右插，一下子到達車站，核準號碼，與漂亮女車長說幾句，把方芳送上車廂。

芳十分感激，再三道謝。

她在高速車上打一個盹，夢見自己只六七歲，走上座位，坐好，吃一塊奇香杏仁味餅乾，忽然手腳迅速伸長，變成十多歲少女，胸部發育，隱隱作痛，她大聲呼喊，發生什麼事，爸媽在哪裏？

她想站立，卻乏力，動也不能動，救命，救命！

她目睹手背皮膚起皺，打褶，像縐紗一般細紋青筋密佈，驚惶得難以形容，啊，啊。

「小姐，小姐，你不舒服嗎？」

服務員推她，「喝杯熱茶，醒醒。」

她打開一塊熱毛巾，給她敷手。

芳不住喘氣。

「別擔心，快到站，你需要什麼，請與我說。」

芳緩緩把熱茶喝光。

她站立去衛生間，服務員體貼跟在不遠之處。

照到鏡子，她想到樂人說的話：「根本不是噩夢，簡直是真實世界！」

那雞皮鶴髮一日總會來到，索性豁出去，活一天算一天。

回到座位，她叫一碗小小陽春麵。

服務員一直在近處，「還有五分鐘，車子已進入站頭。」

其餘乘客鼓掌，關心問方芳，「好些沒有，車速有時叫乘客暈眩。」

芳連忙站立鞠躬感謝。

車子停下，她取過行李，忽然想起要知會家人。

聽到電話響了三聲，那家人接聽。

「樂人，我在鐵路站。」

聲音異常近，「我知道。」

電光石火間芳明白他在何處，驀然回看，他就站在她身後。

即便如此，他們也沒有即刻結婚。

彼此獨身那麼久，因要合併，許多事需要商榷，兩人都是細節高手，幾乎連電錶都要分開登記，幸虧有一種床，左右兩邊可以各自傾斜到某一角度，不妨礙另一人。

芳也想過，最自由是分房，她與她那些睡前讀物相對，樂人可以把生鏽爛車殼搬到床前。

最舒服，不如各歸各公寓。

一日，喝多兩杯，鼓起勇氣開口建議。

不料樂人雙眼發紅，「我也想如此做，但怕你多心。」

都想到一塊。

接着，樂人這樣說：「社會總有某些準則，夫妻不住在一起，太過奇特，容後討論。」

沒想到機器仔如此婉約，難道還需她苦苦哀求？別太過分。

「那就試驗同居。」

「女方怕會吃虧。」

唉唷，說來說去，兜大半天圈子，仍要老規矩。

他們低調註冊。

黃昏回到芳的小公寓，搞笑，自口袋取出一支牙刷，放進衛生間，倒向外一邊床睡覺。

第二天一早起床大聲喊：「早餐呢，早餐呢。」敲鍋敲碗。

芳要定一定神，才想起已經再婚。

比她更糊塗的是一個新任媽媽，半夜聽見嬰兒哭啼，惺忪心想，呵，誰家可憐母親又不能安睡，忽然醒覺：哎呀，這是我不久前生下的孩子呀。

她走到廚房，看見甄樂人已淋過浴，身上只圍毛巾，正在盛白粥。

他說：「早，賢妻。」

芳尷尬坐下，隔一會這樣說：「半蹲下，把碗高舉齊眉，不得有誤。」

樂人一本正經回答：「遵命。」

冰箱已存有一隻五吋直徑巧克力蛋糕與冰鮮魚柳。

樂人廚藝一流。

也不是天天如此風平浪靜。

約大半年後，芳正全神貫注在電腦熒幕前進出股票，門鈴響，女傭回報：「一個女子找甄先生。」

芳抬頭一看，女傭面色有異，她警惕。

放下買賣，走到門前。

一個漂亮少婦站門外，微笑說：「我找樂人。」

芳退後兩步。

少婦腹大便便，雙手下意識抱着腹部保護胎兒。

她氣色不錯，等着方芳招呼她入內。

芳定定神。

首先，要問清楚她是什麼人，為何找甄樂人。

正在此時，樂人出現，氣急敗壞，「你怎麼自己找上門，太過造次。」

芳打一個冷顫，他倆認得。

她只得退後一步，讓他們進門。

女傭見勢頭不對，想躲進廚房，但又覺需要保護東家，便站一角。

樂人說：「快坐下喝杯茶，驚動胎兒，擔當不起。」

芳靜靜看着他倆，決定不會先開口。

那少婦忽然疑惑，這樣問芳：「你以為我是誰？」

樂人「唉呀」一聲，「你們沒見過面。」

芳手足已開始發涼。

是，一直沒見過，有人把她藏匿得好。

樂人說：「這是我半妹樂民，一定要見你，本來要往酒店接她，誰知這人不顧一切自動出現——」

接着的話芳沒聽進，只覺雙手又漸漸回暖。

可憐，杯弓蛇影，草木皆兵，禁不住半點刺激。

本來大方鎮定的一個人，竟落得這樣。

那樂民站起，彎一彎身，「對不起，驚嚇了你。」

芳這時才開口：「沒事沒事。」

樂民說：「樂人可是從來沒提過我？難怪，他與父親有誤會，沒見面交談已有一世紀，有話不過找我傳遞，這次側聞他已婚，父派我探聽消息，我抵埗已有三日，他只與我聯絡一次，終於我警告他，我會主動出擊……」

甄樂民十分健談。

女傭不再警惕，斟出茶水招待。

「——你住這麼小的公寓，爸知道會心疼，嗯，這是紅棗茶，好味道。」

芳呆呆坐着，剛才那十分鐘冰凍殺死她不少細胞，需要時間復甦。

樂民取出手電想拍攝，被兄長按住，「你徵詢過同意沒有。」

芳連忙說：「沒問題沒問題，樂人樂民，過來，坐一起拍攝。」

甄家怎麼差一個孕婦做跑腿。

接着，樂民把父母意思說一遍：「總得回家吃飯見面，刊登啟事告知親友，給見面禮，把生意交代一下，打探孫兒幾時出生，大嫂，我整年見不到這兩兄弟，希望你可以打圓場。」

芳覺得擔子千斤重。

樂人氣結，「你說完沒有，請講些胎教。」

女傭做點心出來，有一隻蛋糕，樂民一見，便「唔」一聲，捧手上，一人吃光光。

「幾時回家看看，說個日子，我好作交代。」

芳看着愉快孕婦，說不出話，心酸自己如驚弓之鳥。

她對樂人，不，對自家的信心還不夠，凡事都疑神疑鬼。

樂人輕輕問：「你不高興了？我知你最不喜歡意外。」

她這樣回答：「妹妹例外。」

「是，我明白了，親人，總得容忍。」

那一邊，樂民與兄弟講悄悄話：「阿嫂臉容冷冽憂鬱，似有心事。」

樂人也知芳有心事，一次，見她玩一隻小小音樂盒子，曲子是幽怨的「愛我溫柔」，叮叮咚咚，她一臉惆悵，是誰送的禮物？她忘記他沒有，抑或，是他多心。

樂民又問：「以前的永遠拋棄？」

「別說這些。」

「我一進門，她彷彿誤會我是別人。」

「你貿貿然找上門，怪誰。」

「她很愛你，所以才多疑不安。」

「這不是好事吧。」

「大哥，難道你情願她漠不關心，處之泰然。」

樂人微笑。

「來，擇個日子回家。」

「再說吧。」

廚房，芳與傭人準備晚餐。

女傭說：「小姑爽直活潑是幸事。」

她們都喜歡教育東家。

芳點點頭。

「看仔細了，兄妹長得很像，都圓臉大眼。」

芳又點頭。

「奇怪，怎麼不見妹夫？」

「不要問別人家的事。」

每個人的路都不好走，每個人都有他的苦處，當然，也有樂事。

芳只知道那麼多。

（全書完）

書名　夏日最後敞篷紅色小跑車　作者　亦舒

出版　天地圖書有限公司
香港黃竹坑道46號
新興工業大廈11樓
電話：2528 3671　傳真：2865 2609

香港灣仔莊士敦道三十號地庫（門市部）
電話：2865 0708　傳真：2861 1541

設計及插圖　Untitled Workshop

印刷　亨泰印刷有限公司
柴灣利眾街27號德景工業大廈十字樓
電話：2896 3687　傳真：2558 1902

發行　香港聯合書刊物流有限公司
香港新界荃灣德士古道220-248號
荃灣工業中心16樓
電話：2150 2100　傳真：2407 3062

出版日期　二〇二一年一月／初版・香港